2023
中国年选系列

陈永林 选编

2023年中国
微型小说
精 选

长江出版传媒　长江文艺出版社

图书在版编目（CIP）数据

2023 年中国微型小说精选 / 陈永林选编. —— 武汉：
长江文艺出版社，2024.1
（2023 中国年选系列）
ISBN 978-7-5702-3375-5

Ⅰ. ①2… Ⅱ. ①陈… Ⅲ. ①小小说－小说集－中国
－当代 Ⅳ. ①I247.82

中国国家版本馆 CIP 数据核字(2023)第 218581 号

2023 年中国微型小说精选
2023NIAN ZHONGGUO WEIXING XIAOSHUO JINGXUAN

责任编辑：黄雪菁　王乃竹　　　　　责任校对：毛季慧

封面设计：胡冰倩　　　　　　　　　责任印制：邱　莉　杨　帆

出版：长江出版传媒 | 长江文艺出版社

地址：武汉市雄楚大街 268 号　　　　邮编：430070

发行：长江文艺出版社

http://www.cjlap.com

印刷：中印南方印刷有限公司

开本：680 毫米×980 毫米　　1/16　　印张：13.75

版次：2024 年 1 月第 1 版　　　　2024 年 1 月第 1 次印刷

字数：219 千字

定价：32.00 元

目 录

海棠依旧

羊　白

那年我十三岁，淘气得不得了。我上树掏鸟，不小心摔了下来，腿折了。起初，我并不知道事情的严重性，以为在家里躺几天，就又可以蹦蹦跳跳了。然而，右腿越来越疼，脚腕肿得连秋裤都穿不进去了。父母这才用架子车把我拉到了县医院。

这是我第一次住院。病房干净整洁，有现成的开水，在我看来就是奢侈的宾馆。我天真地以为，任何毛病，只要到了医院，总会有办法的。然而在经过两次手术后，我的腿仍没劲，有时还会突然失去知觉。父母的脸色越来越难看，我也模糊地意识到事情的严重性。我开始害怕了，一个残酷的词——残废，迅速浮现在我脑中。

我开始胡思乱想。我想我再也不能跑啊、跳了，也不能去上学了，我会永远坐在轮椅上，没有任何希望地成为父母的累赘。我的脾气开始变得暴躁，动不动就和父母吵架，我说我不想再受罪了，我要回去。我下一句想说的是"我不想活了"，可我不敢说出口。这句话太可怕了，就像是一口吊在绳子上的随时都会倾翻的黑锅。我不想就这样被倒掉。我不甘心就这样被摧毁，可又有什么办法呢？我只能躺着，望着天花板发呆。

父母想尽各种办法来安慰我。甚至护士和医生也来劝我，要我配合治疗，说第三次手术一定会成功的。我将信将疑。

一天，病房里住进来一位老奶奶，她是被人用板车推进来的，听说是得了骨髓炎。她躺在我对面的病床上，不时有儿女来看她。看得出，她家境很好，是城里人。当天晚上，老奶奶和我父母便熟识了，自然而然地聊到了我的腿。老奶奶看我把头蒙在被子里，就故意和我说话，说她以前在乡下教过书，问我是哪所学校的。我知道她想开导我，可我不想接她的话茬。

父母埋怨我没礼貌。被老奶奶制止了，说她也是病人，知道病人的难受，虽说难受也得受，但不能老沉溺在难受里，那样越想越难受。说着她从兜里掏出几粒糖，递给我的父母，转交给我。

在随后的日子里，老奶奶为了鼓励我，让我振作起来，给我讲了许多小故事。一方面我承认老奶奶的故事讲得很好，我对她也不再反感；但另一方面我又在心里嘀咕着：这里不是课堂，是医院，一阵阵袭来的疼痛是不讲道理的。

一天清晨，我从被窝里探出头，并望向窗外。突然，在窗户的右角，看见了一枝桃花。准确地说，只有六朵，嫣红嫣红的，新鲜极了，我似乎能闻到香味。我的头向窗外探去，渴望能看到更多的桃花。可一阵疼痛又把我的身体拉了回来。这时，吹来一阵微风，桃花乱颤，仿佛在跳舞，似乎整个春天都跃到窗口，向我招手。我已经好几个月没到室外去了，我几乎已把春天遗忘。我虽看不清这枝桃花的全貌，但心里的激动却是强烈的。老奶奶看出了我的兴奋，她徐徐地说："花信风，第十三番花信风吹来了！"

花信风？十三番？我不明白她在说什么。老奶奶兴致勃勃地说："花与风之间是有约定的。每年从小寒到谷雨四个月的时间里，共要吹二十四番风，一番风吹来，一种花儿开。一番吹开梅花，二番吹开山茶，三番吹开水仙，四番吹开瑞香……直到立夏，所有的花都开放。风有信，花不误，岁岁如此，永不相负，这样的风便叫花信风。"

我满怀惊奇地听着，多美的风啊！多美的约定！

我问老奶奶："海棠花开是哪一番风？"老奶奶掐指算算，笑着说："是第十六番风，再过三十天左右，那风儿一吹，海棠就开了，一定的。"然后她问我，"为什么喜欢海棠？"我说："我家院子里有，我不清楚它开了没有。"老奶奶微笑着说："花信风，人信己，让我安安心心做第三次手术……说不定，一个月后，还真能回家看上海棠花哩。"接着，老奶奶给我朗诵并讲解了李清照的《如梦令·昨夜雨疏风骤》，使我对"海棠依旧""绿肥红瘦"有了莫名的亲切感。

在我顺利地做完第三次手术，临出院的前几天，我才从父母那里得知，老奶奶得的其实并不是什么骨髓炎，而是骨癌。我躺在病床上，看着老奶奶和儿女们正笑语盈盈地说着话，鼻子一酸。我在被子里攥紧拳头，暗暗告诉自己：我一定要坚强起来，我一定能站起来。因为，我想回家看海棠花开，我相信海棠依旧。

学 费

吴宝华

"娃啊，你初中毕业后，就跟我去生产队挣工分吧，爸妈实在拿不出学费了。"父亲吸了口旱烟，磕磕烟灰，低着头说，目光落在他脚上的破旧布鞋上，鞋面那个补丁像一只无奈的眼睛。父亲的声音虽然很轻，但听在我的耳里，却如晴天闷雷。

那时是 1976 年，农村里刚够温饱，我家更不富裕，我有两个妹妹和一个弟弟，都相继上学了，四个娃的学费就是一个沉重负担。

可我爱学习，成绩在班里从没有跳出前三名，很有希望到县城读高中。读了高中，即使考不上大学，也可以当民办教师，最不济回村里还可以做会计出纳……一句话，读了高中好处多。

我实在不甘心就此告别课堂，我嗫嚅着说："爸，我想办法自己挣学费，您……您就让我去读高中吧。"父亲长长地叹了口气，说："等你挣来学费再说吧。"

那时一斤猪肉才五角，一斤大米才一角，一个壮劳力一天的报酬 10 个工分，也只不过值一角五分，而高中的学费要五元，父亲认为我是没办法挣来学费的。

初中毕业考试一结束，我就回到村里，晚饭后，我去找大队长戴明叔。戴明叔四十多岁，魁梧壮实，满脸络腮胡子，长相虽粗豪，为人却公正善良，急公好义，深受村民们爱戴。

我嗫嚅着说："戴明叔，我下半年上高中，家里拿不出学费，我想自己挣，您能帮我找活干吗?"戴明叔沉吟着说："你能干什么活呢?"忽然他眼睛一亮，说："要不，你去南山坳搬砖坯吧，那里的砖瓦窑目前正缺人手，只要不怕吃苦，就能挣到钱。"

我给戴明叔鞠了个躬，说："谢谢戴明叔，我明天就去上工。"

次日太阳刚在山冈上冒头，我就吃过早饭，前往南山坳。来到窑场，烧窑师傅正在领着窑工拓砖坯，他看看我，说："你是新手，就负责晾晒砖坯吧。"说罢，他一指窑边平坦的空地，补充说："你把湿砖坯搬到这片空地上，竖着垒好，注意砖坯与砖坯间隔一指宽，晾晒两天，再搬入窑中烧制。工钱嘛，是计件的，一百块砖坯一分钱。"我鸡啄米般连连点头。

烧窑师傅吩咐完就走开了，我便立即动手干活，我在心里暗暗计算：一百块一分钱，一千块就是一角钱，只要肯吃苦，一天争两角钱应该能办到。但是我还是太乐观了，此时正是酷暑盛夏，太阳渐渐升高，天气越来越闷热，在大太阳下搬砖坯，我汗下如雨，气喘如牛，胸闷得仿佛压着块石头，嗓子眼又辣又干，说不出的难受。

堪堪搬到五百块时，日上中天，是吃午饭的时候了，我随着窑工们一起去吃饭。午饭是白馒头配青菜豆腐汤，我饿极了，一口气吃了6个白面馒头。

午饭后休息了一会儿，又开始劳作。直到夕阳西下，倦鸟归林，大家才收工回家。下午我多搬了两百块砖坯，这一天挣到了一角二分钱。

回到家里，吃过晚饭，我冲了个凉水澡，上床睡觉。我觉得腹背和四肢百骸到处又酸又痛，竟久久难以入眠。

此后，我咬紧牙关，按时去砖窑搬砖坯，等到这窑共两万块砖坯全部入窑放置好，已是二十天后，我终于用汗水和辛劳挣到了两元钱。接下来，烧窑师傅指挥窑工把柴火搬进去烧，连续烧了八天八夜，又冷却了五天，这窑砖才算烧好。接下来又烧第二窑青砖，我依然按时去搬砖坯。

有一天傍晚，其他人陆续回家了，我还在工地上搬砖坯。忽然天空乌云密布，雷声隆隆，眼看一场滂沱大雨就要到来，我看看满地的砖坯，心想：这些砖坯被大雨一淋，必然损坏，虽然这不是我的责任，但我不能眼睁睁看着大家的劳动成果受损。

于是，我跑去工棚，搬出尼龙薄膜，跑到上风口，用大石压住尼龙布的一端，然后随风展开，盖住所有砖坯，最后在四周压上石头。这番活干完，天已黑透，大雨滂沱而下，我回到家时，淋成了落汤鸡。

第二天去上工，发现戴明叔已经在工场，他笑容可掬地指着完好无损的砖坯，对我说："大伙儿商量过了，决定额外奖励你两元钱，好好干！"

我喜出望外，兴奋得不知说什么好。

过了二十多天，第二窑砖坯入窑放置好，学校也要开学了，我挣到了四元钱，加上额外奖励的两元钱，一共有六元钱。从大队出纳手里领到六元钱，我特地拐到公社副食品站，花五角钱买了一斤猪肉。

晚上，母亲为我们包饺子，饺子馅是猪肉大葱，我们好久没有吃过这么好吃的晚饭，弟弟妹妹们兴高采烈，像过节一样。

母亲和父亲却眼睛红红的，含着泪水，父亲还悄悄背转身，擦了一下眼睛。

把心照亮

张殿权

窦远是无意中在西部爱心公益网上看到那个倡议书的,上面倡议符合条件的志愿者暑期去西部支教一个月。

当时,窦远就激动了。他激动的原因有两个:一是从去年开始,他在朋友的带动下,加入了由该县一群年轻人组成的"义工团",经常会开展一些公益活动。二是因为他本人就是教育工作者。他的母亲是一位小学教师,他从小就许下了长大后也要当一名优秀人民教师的愿望。大学毕业后,他顺利地考到了教师资格证,不久又顺利地考进了教师队伍。然而令他没有想到的是,他刚教了一学期,县教育局就把他当作人才借调到局机关搞宣传工作了。几年下来,他一直都想能再到讲台上。

于是,他很快就报了名。

不久,他顺利地被选定去西部某省某县一个偏远小学支教,将于七月初动身。组织者告诉他:这所学校周边村民全部以放牧为主,学校现任校长和两名代课老师都是本地村民,学校大约有二十七名学生,比较缺鞋和书籍;学校主要开设语文、数学两门课程,他此次去支教主要是教语文课。他立即在他们的义工团微信群里发布了这个消息,大家无不为他感到高兴,并纷纷捐献鞋和书籍。因为正值暑假,工作不忙,他向局领导汇报后,局领导很支持他。

很快就到了六月底,他收拾行装时,发现大家捐了不少鞋和书籍无法都带上。于是,他只带了二十七双鞋,又带了一个足球,包里其余的空就全塞上了课外书。

经过二十多个小时的火车旅程,窦远先到了这个省的省会,之后又转车到那个县城,再从县城转了两趟车才到达那个乡,之后又步行了两个多小时才到达那所小学。校园里只有四间教室，四个班，五个年级，学前班和一年级在一个班里上课。课堂的桌椅都显得残缺……可是，这里的孩子们却都有着强烈的求知欲，围着窦远问这问那。其中一个脸庞红红的小男孩围着他的大包裹打转，要看看里面是什么。

窦远就问他："你叫什么名字？几岁了？"

"邵童，十一岁了，上三年级。"

窦远笑着说："这包裹里是书和鞋，书籍呢，是我给大家带的，但只能放在学校里大家轮流看。鞋子，应该够每人一双！"

窦远把大包打开，先把书拿了出来，大家争抢着要看。然后，他把包里的鞋拿了出来，让大家排着队，一个一个地来试穿，哪一双合适就把哪一双给谁。孩子们拿到这些鞋后，都非常兴奋，然后就笑着叫着去踢足球了。窦远最后才发现，学校一共有二十八名学生，他带的鞋却只有二十七双，排在最后的那个叫邵童的孩子没有领到鞋。

窦远尴尬极了，以为邵童一定会很不高兴，解释说："邵童，我以为咱们学校只有二十七个人……"

邵童却冲窦远笑了笑说："老师，没关系。我们学校本来是只有二十七个学生，前几天又来了一个新生。"

窦远说："哦，是这样……"

他把行李放进安排给他住的简陋办公室后，就马不停蹄地去走访村民。晚上回来就备课，第二天正式开始给同学们上语文课。

这里海拔在三千米以上，他有轻微高原反应，但他坚持了下来，每天，他都重复着备课、上课、和孩子们一起踢足球、拣牛粪、烧水、做饭的生活，孩子们好奇地问他外面的世界，都说长大了要到大山外的地方去看看。可是，每次和邵童在一起，窦远却都为缺少的那一双鞋感到很愧疚。

快乐的时光总是很短暂，转眼一个月过去了，接替窦远的新的支教志愿者来了。虽然这个新来的志愿者也带来了一些鞋和书籍，但是窦远心里却始终都感到对不住邵童。

临走时，同学们和新来的那个志愿者一起送窦远，他忍不住走到邵童面前，说出了藏在心中已久的那句话："对不起，我欠你一双鞋，回去后我一定给你寄一双来！"

邵童却说："窦老师，您不能这么说！是我们应该感谢您。你们志愿者来了，像一盏油灯一样，虽然光亮很弱，却照亮了我们封闭的内心，让我们看到了这个世界更美好的东西，也让我们有了生活的希望和目标，将来我长大了，一定会去您生活的地方看您！"

窦远抚摸着邵童的头，眼睛湿润了……

美丽的翠屏山

冯伟山

　　我和老卢是战友。我俩是一个班的。那年我俩都是 20 岁，是同一个县的，也都是农村兵，乘坐同一列绿皮火车到了东北的小兴安岭，成了一名消防兵。

　　老卢细高个儿，长得白净。没想到这样一个人，在训练场上却不含糊，摸爬滚打样样争第一。当兵第二年，驻军附近的一座山林着了火，风大火急，形势非常严峻。我们消防大队全部出动，奋战大半天才将火扑灭。队伍集合时，却发现少了老卢，最后在火场最里边的一棵烧枯了的大树旁找到了他。送到医院抢救后，老卢命虽保住了，左腿却被烧坏，锯去了一大截。兵当不成了，22 岁的老卢揣着一张二等功证书回到了家乡。那时我俩通着书信，知道他去了一家工厂的保卫科，领导照顾他，让他在传达室值白班。可老卢不甘寂寞，休班也不闲着，还挂着单拐抓过好几个进厂偷东西的人。他可真是一个好兵！后来我知道他结婚了，生了个胖小子，日子过得有滋有味。再后来，我从部队复员就留在了当地，并和当地一个姑娘组建了家庭，琐事缠身，和老卢的联系就逐渐断了。眨眼的工夫，40 年就过去了，直到战友群里闪出老卢的名字，才一下勾起了我的许多回忆。

　　老卢还是不甘寂寞，在群里发了不少图片，是一片葱绿的山林，有花有果，还有小动物。他说这是自己承包的一座山，叫翠屏山，欢迎战友们来山上一聚，体验神仙的日子。大家都竖大拇指，夸他不简单，这才是大老板的生活状态呢。羡慕的同时，少不了有战友问他是怎么获取财富的，竟然能承包一座山？老卢一字不答。

　　我加了老卢的好友，要了他的电话，说想约几个战友去他的山上看看，叙叙旧，散散心。老卢听了，一个劲儿地说好。

等我们导航来到他承包的大山时，已经是第二天的中午了。在山口刚要给老卢打电话，迎面走来一个60多岁的女人，她见我吸着烟，二话不说上来就把烟拨拉到地上用脚踩烂了。我刚要发火，她把手一伸，说你一个老爷们儿不懂进山的规矩啊？把香烟和打火机都拿出来！我被噎了一下，但想想也是，就照办了。她又对我的同伴说，你们几个如果也带着火柴和打火机就拿出来，我代为保管，走时再归还。同伴们笑笑，也照办了。她又从口袋里拿出一个方便袋，说这个你们捎着，进山途中喝的矿泉水瓶和吃的食品包装袋都放里面，见到垃圾桶再放进去。她说话嘎嘣脆，不容你有丝毫的犹豫。这个女人真不简单！我心里边嘀咕边抬头打量她。只见她中等身材，黑红脸，一身工作服，外面穿着一个橘黄色的马甲，上面有"护林防火，人人有责"的白色字样，脚蹬黄胶鞋，手里提着一个编织袋。

你是这里的护林员？你认识承包这座山的卢总吧？我问。

她点点头，一笑，说就是那个少了半条腿的老卢吧。你们把车停在前面的小停车场，顺着盘山路一直朝前走，等走到山后的两间石头屋就见到他了。说完，提着编织袋朝通往后山的一条小道走了。

真是好大的一座山，不算高，但绵绵延延一眼望不到边。山上植被丰茂，绿意盈盈，小鸟啁啾，蜂蝶起舞，清冽的山泉从山顶蜿蜒而下，潺潺有声，真乃世外桃源也。

我们几个完全被大山的美景陶醉了，大口吸着新鲜的空气，早就忘记了来时的疲惫。等转到山后的石头屋，看到一个挂着单拐的男子正朝我们招手。老卢！我们喊着跑过去紧紧抱在了一起。聊得正欢，那个穿橘红色马甲的女人提着编织袋过来了，里面有几个矿泉水瓶子和装牛奶的空纸盒。

老卢说，这是我老伴儿。他指着我们刚要介绍，女人一笑，说我知道，都是你的战友嘛，你都说过无数遍了，他们今天进山来看你。

我吃了一惊，堂堂的卢总夫人怎么能当护林员呢？既然知道我们的身份，干吗在山口还那么不给面子呢？

女人看出了我的疑惑，说对带火种进山的行为，我和老卢向来都是零容忍，不管是谁，老卢的腿你们都知道，我们要杜绝无谓的牺牲啊！

老卢嫂子的话让我们无地自容。

我红着脸问老卢，你成了大老板，不去城里享福，怎么会想到承包一座山呢？

老卢眉头一皱，说这山原是一座荒山，上来玩的人多，火灾隐患也大，乱得实在不成样子。我看在眼里，觉得退休后也没事可做，就和当地政府签协议承包了这座山，目的只一个，保护和治理。可谈何容易啊！十几年来，我俩吃住在山上，宣传防火和环保，巡山制止偷砍偷伐，春天就在空地上栽树苗，再有空就修路，没了收入，这些年的积蓄也花光了。好在这山没辜负我们的付出，有点模样了。这里就是我们的家，这辈子不会离开一步了。

我问：你儿子呢？他在城里上班？

老卢用手朝南一指，儿子也在山上呢。他长大参了军，也成了一名消防员，后来在一次抢救山林大火中牺牲了，我们把他的骨灰接回来葬在了山的南面。每天清晨和下午，我和老伴都会从这里出发巡山，她向西走，我向东走，两个小时后在山南儿子的坟前碰头。每次我们一家人都会聊聊天，说说心里话，儿子也不会寂寞。老卢说着，眼睛就湿了。

好一座翠屏山！

有风从脸颊拂过，凉爽中夹杂着青草的气息，让浮躁的心儿一下静了。

这时，老卢嫂子在厨房里喊了一声：快进屋啊，美味出锅了。

积善之家

乔正芳

殡完公爹后，亲友们陆续散了。看婆母愁容满面心事重重，我们几个儿女都自觉留了下来，陪伴老人。

晚饭后，婆母说："有件事要和你们说说。"我们屏气凝神，听她说，"你爸临走前，指着八仙桌的抽屉和我说：'我攒了五千块钱，压在那本古书下面。你要把我没做完的事做了……'"

婆母嗓子有点哑，"可你爸走的那天晚上，地上要停灵，桌椅板凳全搬到外面去了。我当时脑子一片蒙，把钱的事儿给忘了。等第二天早晨想起来才发现，抽屉在院里半开着，钱已经没有了！"

我们一惊，不约而同地朝那张八仙桌望去——那是一张油漆斑驳的老式桌子（据说还是当年婆母的陪嫁），在院里西北角靠墙放着，旁边堆着面袋子铜盆扫帚什么的，看上去更像是一堆破烂。挡在这堆"破烂"前面的，是用帆布支的灵棚，供着公爹的遗像和香案。如果没有特殊事情，一般人是不会转到桌子那儿去的。

我们在心里嘀咕，按当地风俗习惯，那晚守灵的都是自家几个叔伯兄弟，并没有外人。大伯家的成仁哥，开着小食品加工厂，效益不错，他不差这点钱；二伯家的成义哥，在村里当小学老师，文质彬彬的，他不会做这种事；成义哥的弟成礼呢，常年在工地打工，人挺老实，他应该也不会。

那到底是谁呢？

婆母又向外望一眼，说："那晚院里开着大灯，很亮堂。村里一向也没听说有小偷，应该还是本家人。但谁会去翻墙角那个抽屉呢？除非是需要找什么东西——"

"对了，"一句话点醒了小叔子成信，他挠挠头皮说，"那晚确实有人问我胶带放在哪里，我随手一指让他自己去翻抽屉。"

我们眼前一亮，急急问："那人是谁？"

成信一手拽着左耳朵，歪着头说："我当时趴在地上哭得稀里哗啦的，只知道是本家哥哥，具体是谁还真不敢肯定。"

婆母叹口气说："如果真有困难，说一声这钱我们也就不要了。可问题是他们日子过得都不错。你爸一辈子省吃俭用，攒点钱不容易。"

我们点头，这倒是真的。公爹一辈子勤俭节约、乐善好施，这么多年左邻右舍谁家有困难他不是尽心尽力去帮助？常听成智说，公爹是老党员，年轻时在镇上工作，每月可发十几斤白面，村里哪个老人生病了，公爹就让婆母悄悄送去三两个白馒头。那个年代，家里可是连黑面馒头都不够吃呀。

人们没有忘记公爹的恩情，公爹出殡时，呼啦啦来了几十个男女老幼，跟着送殡的队伍一路哭喊。尤其是村东哑巴两口子，伸着脖子"呕呕"地号叫着，眼泪鼻涕横流。

婆母说："你们都想想办法，看怎么能把钱找回来。这是你爸最后的心愿，我不能辜负了他。"

第二天，按照婆母吩咐，我们置办了一桌酒席，请来几个叔伯弟兄。酒过三巡，婆母说："谢谢你们，这几天辛苦了！你们三叔常说，咱们老李家，家族和睦，兄友弟恭团结友爱，这是我们良好的家风和传统。"

众人点头。

婆母加重声音说："我今天找你们来还有一件事，你三叔临走前积攒了五千块钱放在抽屉里，你们谁拿去了我也知道——那晚上有人看见了。但家丑不可外扬，我给他留个面子。只要他今晚上原封不动给我扔回院子里，这事咱们就算翻篇儿。若是他一意孤行不知悔改，你们知道三婶我的脾气。你三叔老同事的儿子魏明在派出所里当所长，我去报警求他……"

三个哥哥瞪着眼，你看我我看你。

第二天一大早，婆母便兴奋地喊我们："快起来快起来，你们爸的钱找回来了！"

看婆母紧紧攥着一个卷着钱的旧手绢包，眼含热泪。我小声说："就五千块钱，咱妈怎么会激动成这样？"

谁知却让婆母听见了，她生气地说："你懂啥？这可是你爸的遗愿。哑巴家儿子今年就要上大学了，这是你爸给他攒的学费。你爸和他们家结对子，已经资助六年了！"

原来是这样！我们面面相觑，怪不得公爹每月三千多块钱的退休金，老两口仍然节衣缩食，夏天一件汗衫背上破了两三个洞也不舍得扔掉。想到此，我们内心一酸，禁不住流下泪来。

这时成仁成义哥来了，齐声问："三叔的钱找到了吗？"

过了会儿，成礼哥也来了。他眼皮耷拉着道："我昨晚喝大了，今早头晕起来晚了。"

婆母举着手里的钱说："孩子们，这些年我们攒下的钱已经资助了两个大学生了！你三叔常说人不能忘本，凡事要想着别人。往大里说这是回报社会，往小里说还是为了自家好。古人说积善之家，必有余庆。你们要牢记老祖宗的遗训，就像你们的名字一样，时时不忘仁义礼智信。"

我们静静听着，思索着。小叔子成信忽的一下拉开夹克，抽出一沓百元钞票，递给婆母说："娘，我也加一份。"

成仁大哥举起手机说："三婶，我微信转账，也来一份。"

我家成智说："也算我一份。"

成义哥沉吟着说："我看这样，我们成立个老李家助学扶贫基金会吧，就由我三婶来专门负责管理这笔款项。"

我们齐声说："好！"

这时成礼哥抬起头，眼睛红红地说："也算上我一份。"

看着我们个个摩拳擦掌、积极踊跃的样子，婆母开心地笑了。

我发现，这是自公爹走后，婆母第一次露出笑容。

钉 子

厉周吉

午后，狂风裹挟着乌云从西北方向飞奔而来，转眼间天地几乎全黑了下来。几个震耳欲聋的响雷过后，雨水从天空倾泻而下。雨越下越大，风越刮越猛，风雨交加，仿佛不把小小的营房掀翻就不肯罢休似的。

地上积水越来越多，很快汇成了一条条小河。"等他们回来，还不知要等多久，我现在必须出发！"丁梓一边自言自语，一边拿起铁锹，一头扎进风雨里。

风大雨急，行走异常困难，平时半个多小时的路程，他走了两个小时或更长时间，才到达河边。

河水暴涨，湍急的水流汹涌澎湃地奔流着。丁梓肌肉紧绷，心跳加速，顺着河岸，顶着风雨，一边查看水情一边艰难地朝下游走去。

这条河从两座高山形成的山谷中流出，平日里，河水清浅，四季长流，极其温顺。然而，别看它小，作用却巨大，它是两国之间的界河。

河水对河岸的日常冲刷不可避免，最可怕的是河水暴涨时，河流改道。努力避免河流改道是这个小小边境哨点的任务之一。

然而，约束一条河流比管控其他突发情况难多了。边境干旱少雨，战士们像盼望新年一样盼望雨水的到来，可是，等大雨降临，他们又害怕河水改道，于是对雨水的感情格外复杂。

河流太调皮，尤其是到了丰水季节。从山谷进入无际荒漠地带的小河，仿佛刚跑出圈的小羊，时不时地撒几个小欢。由于地势、土质等方面的原因，这段河流更容易改道，这可把哨所的官兵为难坏了。

河水汹涌澎湃，不停地冲击着河岸，准备随时冲出河岸的束缚。

不好！前面河流拐弯处，河水已经冲出河岸。一股不大不小的水流径直朝前冲去。

在这里，河流拐了个大大的弯后又在不远处转了回来，形成一个两三平方公里的河套。现在这股水越来越大，倘若不能阻止，河流很可能会改道！

他用铁锹快速挖掘着河边的沙土，不停地向决口处丢去。两边水流较浅的地方慢慢被堵住，中间水流湍急，丢下去的沙土很快就被冲走了。

难办的是，由于挖得太久，他身边的沙土已经不能继续挖了，否则这地方又会形成一个大坑，进而吸引更多流水冲来。这可如何是好？

情急之下，他跳进了水里，用身体和手中的铁锹阻挡着水流。受到阻挡的湍急水流，不停地冲击着两边的河岸与丁梓脚底的河沙，丁梓感觉脚底的河沙渐渐被掏空，身体一点点往下陷。虽然是夏季，河水依旧冰凉刺骨，身上的热量渐渐被带走，身体逐渐麻木。

如果不迅速离开，很可能就再也出不去了。可是，如果离开，河水势必会改道。孰轻孰重，丁梓心中明白。

他现在最担心的是即便自己陷进去，也无法阻挡河水改道。好在一团团风滚草随着水流漂下来，丁梓急忙用僵硬的胳膊将草拦了下来。借助草的阻挡，水流慢了下来。

终于，风小了，雨也小了，河水温顺了。河流不可能改道了！

丁梓长得高高瘦瘦，但是脑袋特别大，平日里战友们都喜欢叫他"钉子"。

"既然叫我钉子，那就让我当一枚守护祖国边疆的钉子吧！"丁梓努力地挺直身体，伸长脖子，咬紧牙关……当冰冷的水流没过他的脑袋，他依旧仰头望天，脸上带着不屈的笑意。

风停雨住，河水渐渐消退，当其他战士发现丁梓时，他只剩两只手还露在沙土外面，身体已经像一枚钉子，深深地钉进了祖国的边疆。按照丁梓的遗嘱，战士们在他钉入泥沙的地方堆了一个小小的坟墓。

二十三年后，一名年近五十的中年妇女执意从内地来到这里定居下来。她养了一群羊，一年四季在边境牧羊。这时的边境，与二十多年前相比，条件已经好多了，曾经寸草不生的荒漠已经长出了连绵不断的绿草和树木。每隔一段时间，就有位风华正茂的小伙，送来一些生活必需品。

这名妇女是丁梓的妻子兰兰，这是地处祖国西北的新疆边境，他们的老家远在上海。丁梓本想在那年冬天回家探亲，看看已经两岁却从未见过面的儿子，可是在那个夏天他永远钉在了边疆。

那名小伙是他们的儿子丁石。丁石成绩优秀，高考后，他执意报考新疆的一所普通高校，并在毕业后留在了新疆工作。

就这样，他们相依相伴，无怨无悔，共同维护着可贵的人间真情，一起守护着祖国的辽远边疆。

老街吃家

刘建超

老街人爱把食客分为三种。

一种为吃货。吃货是最招饭铺里待见的那群人，要想生意兴隆，就要有成群结队的吃货。吃货只管饭菜顺口，呼呼啦啦尽往嘴里扒拉食物，撑得是肚圆胃胀，打着饱嗝方才舒服。

再一种称为吃客。吃客是店里的老主顾，熟悉大厨的手艺，而大厨也知吃客口咸口淡，调剂得吃客味蕾全开。据传有位吃客跟着大厨吃了十几年炒面，大厨换了七八个主家，走了半个古城，吃客一路相随不离不弃。一日大厨有事，腾不出手，就让徒弟给吃客做了炒面。炒面上桌，吃客只吃了一口就吐了，说别蒙我，这不是你家大厨的手艺。徒弟只好把炒面原路端回。大厨一笑，把炒面倒回锅里，双手抓面揉搓了几下说中了。徒弟把炒面再端上去，吃客尝一口，嗯嗯，就是这个味。

老街还有一种人被称为吃家。吃家在老街就是最高荣誉了，类似于在电视餐饮大赛节目中的美食家评委，会吃会做会摆活儿，譬如今天要给您说的费爷。

老街很古老，九个朝代的皇帝都曾建都于此，老街人开店做生意也或多或少地滋生了些情怀，即便是柴米油盐酱醋茶也期望能调剂出古都的文化底蕴，显得有格调。老街吃家就能把吃文化张扬得流光溢彩，把老街人不甘落魄的虚荣心吧唧得蓬蓬勃勃。

正是清晨匆忙时分，街上都是急忽忽奔走的人，许多人手里拿着早点，边走边吃。费爷一身休闲唐装，脚踏千层底布鞋，背着手，仰着头，平稳走在老街的青石板路上。

熟人打招呼，费爷，您老去哪啊？

费爷头不低，步不停，喝汤。

您老今儿个是去哪家喝汤？

大石桥火街羊肉汤。

火街羊肉汤？才开张的铺子啊。您这"老吃家"去给新铺子捧场？

费爷微微笑着，不再搭讪，踏上大石桥。

老街有句谚语：吃喝不用瞅，只管跟着吃家走。费爷的身后就跟随了一群吃货。

生在古城，食在老街。外地人来老街吃个热闹，老街人却是要吃门道的。

老街人早餐爱喝汤，牛肉汤、羊肉汤、驴肉汤、杂肝汤、丸子汤、豆腐汤、胡辣汤、不翻汤等，花样繁多，口味丰盈。

在古城开个汤铺不难，难的是在老街开个汤铺子。老街人喝汤都喝成精怪了，嘴巴刁钻认熟欺生，爱逛老店铺，不太凑新店铺的热闹。你若开个新汤铺子，如果没老街吃家的光顾，三五年也别想在老街兴起。唉，还就这么邪。

费爷是老街公认的"老吃家"。老街洋洋十里，上百家的饭铺，他都能给你数叨一遍。费爷对老店铺的饮食文化故事更是如数家珍。在老街，吃着佳肴，听着吃家给你数叨着店铺的趣闻轶事，那才算得上享受。

费爷站在铺子前，并不急着进店，背着手看着店门上方的匾牌。

费爷自言自语道，火街羊肉汤这几个字撇捺放纵，笔画粗重，尤其这火字，夸大捺脚，雄健足可扛鼎。颜黄融化合度，磅礴大气。不必见款就知是老街写家高德位的风格，定是高德位的后人高满堂所书。

火街羊肉汤的老板叫袁成，四十开外的豫西汉子，憨厚豪爽。老板袁成迎出店外，拱手作揖连连点头称是。

费爷进店坐下，一碗羊汤，不放盐，不放辣，两个火烧。

随着费爷一同走进店的人也附和着，一碗羊汤，不放盐，不放辣，两个火烧。

费爷说，火街，又叫双龙街。诞生了宋太祖赵匡胤、宋太宗赵光义两位天子。据传太祖诞生时，赤光照耀，满街彤红，故名火街。咱们老街人的生活习俗啊就是从宋朝那会儿延续下来的。羊汤也是太祖、太宗的喜好，火街的羊肉汤可是传承了上千年的啊。

羊汤端上，费爷端起碗先嗅了嗅，嘴贴着碗沿轻啜一口。懂行的都知道，老街人喝羊汤是喝甜汤，这个甜就是不放盐，淡的意思。

熬羊骨头汤你也达到个七八成了，费爷说。上好的羊汤，羊，要当天宰杀，羊骨砸断铺在锅底，再将成坨的羊肉羊杂铺在羊骨之上，放入自家的香料秘方，一锅汤烧开，中途不能再兑水，慢炖 8 个小时以上，这叫原汤原味。

费爷又夹起一片羊肉，眯着眼看看，放入口中慢嚼，说，羊是当地改良品种的绵羊，远闻清香，近闻不膻，肉质鲜嫩，味美清口。

费爷有滋有味地又喝了几口汤，说，添汤，双份辣。

吃货也跟着喊，添汤，双份辣。

火烧一掰四牙儿，泡入红油汤中，呼呼啦啦满屋人喝得热汗淋漓，大呼过瘾。

费爷说，这汤稍显不足的是你用的葱花，这是外地大葱，应该用本地南关小香葱，压膻气，入味快，不粘牙。

袁老板点头称是。

袁老板的妻子，望着费爷的背影，说，费爷帮着咱开这汤馆，咱这汤真有费爷说得那么好？

袁老板看着腿有残疾的妻子，想着家里卧床不起的儿子，没说话，只望向外面。

太阳已升上了丽景门，老街，就笼罩在温润的阳光下……

瓷　碗

曾利华

　　鸽子岭的三三是镇中学为数不多的绩优生，因自幼丧父，家境贫寒，每到开学，三三就为学费发愁。

　　后来，三三遇到了从城里下乡支教的语文老师张奇，学费才有了着落。

　　每个学期开学，张奇便找到学校总务处主任，写下一张字据，为三三担保学费。到了期末快放假时，三三母亲才把用农产品换来的零钱，一张一张叠得整整齐齐，交到张奇手中。

　　初三毕业那年，三三背着书包往学校赶，一不留神，一个趔趄就从鸽子岭滚下了山坡，一条腿也因此骨折。入院治疗的三三，为此耽误了半月的课不说，又因向张奇借钱治病，多了一笔债务。

　　病愈后，母亲决定让三三跟着远房的表舅去学做木匠。三三满眼泪花，死活不肯听从母亲的安排。

　　母亲愁容满面，看了看三三，摇了摇头。

　　第二天，张奇冒着滂沱大雨来到三三家。张奇高兴地说："往后三三的学费不用愁了！昨天我从县城找了一位名叫姜萍的古玩收藏家，她愿意资助三三上完初中高中，不过，姜萍提出了一个条件！"

　　"啥条件？"三三妈惊喜交加。

　　"每个学期三三必须获得三好学生，人家才愿意资助！"

　　三三妈转过身，看了看三三。

　　三三望了望妈妈，转过脸盯着张奇，使劲地点了点头。

　　上高中后，三三一直想去拜访姜萍，但每次打电话，张奇都再三推辞。张奇对三三说："等你考上大学，姜萍才见你。"

从此，三三在勤学的同时，内心又多了一个期待。

春去秋来，寒暑更替。高三毕业时，三三以优异成绩考取了省城的师范大学。

在拿到大学通知书后，三三第一时间把喜讯告诉了张奇，并请求张奇转告素未谋面的姜萍，这次自己一定要去拜访她。

秋季开学前，张奇领着一位漂亮的阿姨来到了三三家。三三知道，这阿姨就是姜萍。

姜萍一边和三三聊天，一边端起三三妈递过来的大碗茶，小口小口地喝着。待到喝完碗里的茶，姜萍对三三妈说："大婶，这只碗您是从哪里得到的？"

"这是三三爷爷留下的，怎么了？"

"您知道吗？这个碗是明朝永乐时期出产的，是值钱的宝贝呢！"姜萍接着说，"永乐三年到宣德六年，明朝航海家郑和七次下西洋，带回一批苏麻离青料，广泛用于瓷器制作。这碗就是那个时期的，到今天已经是很难见到了。"

姜萍继续说："您看，这碗青花纹饰着色深浅不一，凹凸有致，层次清晰，是永乐的典型色调。"

三三妈疑惑地看了看姜萍，又瞧了瞧张奇。

姜萍接着说："我是搞收藏的，这碗在古玩市场最少值一万五。大婶，要不您这碗卖给我？"

"这些年多亏您的帮忙！三三才有今天。这只破碗，您看着好，就拿去吧！钱就不要了。"

姜萍摆了摆手，说："这可使不得，使不得，白拿我可不要。要不，我先付五千定金，余款过些时日再给您？"

三三妈看了看三三，再次对姜萍摇了摇头："钱，我就不要了，这碗算我送给您的！"

姜萍不再多说，留下五千现金，便随张奇回了城。

十天后，姜萍又与张奇来到鸽子岭。一见面，姜萍就激动地对三三妈妈说："大婶，我找人鉴定了，那碗值两万。"

姜萍一边说，一边从提包里拿出一沓钞票，说："这是要付给您的余款一万五，快收下！"

三三妈还要推却，姜萍不容分说将钱一把塞过来，说："收下收下！"

多年后，三三已是省城一所大学的知名教授。辗转找到张奇时，三三发现张奇早已退休在家。

看着客厅里张奇与姜萍年轻时的结婚照，三三惊讶地问："张老师，难道古玩收藏家姜阿姨是您爱人？"

张奇并不回答，而是抬头看着那相片。然后，像是自言自语，又像是回应三三："是的，她是我爱人！可是，你上大二那年，她因为疾病走了！"

三三呆呆地站在那，不知道说啥好。张奇走进厨房，拿出一只瓷碗，对三三说："今天，这只碗终于可以完璧归赵了。对了，忘了告诉你，姜阿姨并不是收藏家，这碗也只是一只普通的瓷碗。姜阿姨是出色的古玩鉴定师，她看准了你一定会成功！"

阳光跳过窗户，一头扎进屋子，那只古旧的瓷碗，此刻闪着柔柔的光芒。三三发现，姜阿姨站在阳光下，正含笑看着他。

看星星

刘 平

　　小男孩特别喜欢夏天的夜空。幽蓝的天幕像一块巨大的绸布，星星像一颗颗宝石撒满整个天幕，闪着幽远的光，有些冷。

　　院坝里，老太太坐在椅子上，怀里抱着小男孩。小院子围着篱笆墙，篱笆墙上爬满了牵牛花。院门口有一棵老槐树。在老槐树下，老太太给小男孩讲过很多有趣的故事：牛郎织女、卖火柴的小女孩、中山狼、渔夫和金鱼……老太太是村小学校的退休教师。

　　"奶奶！人死了真的会变成天上的星星吗?"看一阵星星，小男孩突然问。昨晚看星星的时候，老太太告诉他，人死了会变成天上的星星。

　　老太太笑了一下，摸摸小男孩的额头说："会的，人死了都会变成天上的星星。"

　　小男孩眨巴着一双眼睛，看着天上的一颗颗星星。

　　"一个人就是一颗星星吗?"小男孩又突然问。

　　"嗯，一个人就是一颗星星。"老太太微笑着说。

　　"那么多星星，数也数不清……"小男孩喃喃。

　　老太太的话，卡在了嗓子眼。

　　天上有几颗星星，一闪一闪的。

　　"奶奶！人死了为什么要变成天上的星星呢?"小男孩脑子里又钻出一个奇怪的问题，他脑子里总是会钻出一些奇怪的问题。

　　"那样，他们就可以在天上看下面的亲人们，亲人们也可以在下面看他们，就像我们现在一样。"老太太缓缓道。

　　"爷爷也在天上吗?"

　　"嗯，在天上。"

"哪颗星星是爷爷呢？"

"那颗最亮的就是爷爷。"

小男孩的目光在天上找了一阵，终于找到了一颗最亮的星星。

"就是那颗。那颗星星就是爷爷。"小男孩用手指着天空一个什么地方，说。

"喔。就是那颗星星。"老太太说。

"奶奶！您在看爷爷？"

"嗯。"

"爷爷能看见我们吗？"

"爷爷能看见我们，他正在天上看着我们。"老太太的眼眶突然有些湿了。

"可爷爷听不见我们说话。"

"能听见。爷爷能听见。"

"那么远……"

"远也能听见……"

沉默。满天星斗。

"奶奶！人为什么要死呢？"小男孩又突然想起了什么。

"每个人都要死。"老太太笑眯眯说，"不死就成神仙了。"

"奶奶！您也会死吗？"片刻，小男孩扭头看着老太太的脸问。

"会呀！每个人都会死，奶奶也一样。到时候，奶奶就去天上找爷爷。"老太太平静地说。

"可我不想您死。您别离开我，永远都别离开我。"

"傻孩子！奶奶活得再久，最后也会死，像爷爷一样。"

"可、我就没有奶奶了……"

老太太轻轻抚摸着小男孩的头，笑吟吟说："奶奶会在天上看着乐乐的，看乐乐长大、读书、娶媳妇……"

"您也变成星星了？"

"嗯。到时候奶奶也会变成一颗星星。"

"您在天上能看见我？"

"当然能。"

"可我想跟您说话……"

“你说吧！奶奶在天上能听见。”

“那么远……”

“那么远奶奶也能听见。”

……

夜有些深了。暑热退去，外面开始变凉。老太太抱起小男孩准备回屋，刚站起来，小男孩突然又想起了什么，说：“奶奶！以后您变成天上的星星了，我咋找您呢?”

老太太低头在小男孩额头上亲了一下，微笑着说：“到时候奶奶会去找爷爷。挨那颗最亮的星星最近的，就是奶奶。”

小男孩困了。

又一个满天星斗的夏夜。

篱笆墙围着的院坝里，老太太坐在椅子上，入神地看着天上的星星。

三个月前，她患绝症的小孙子，走了。

迎春花开

田光明

程宏发是企业家。去年，他返乡投资，创办了现代综合农业开发公司，种植花木、果蔬，发展生态农业。今年，公司扩大规模，他又与镇政府签订了合同，征用红岭小学的校园。

程宏发手拿盖有镇政府红印的合同，来校园里准备施工，却被看守校园的校长王文治骂出了门。王文治是程宏发的启蒙老师，他当了三十年的校长，骂学生理直气壮。

三年前，红岭小学撤了，教师们被分流，留下了空空荡荡的校园。王校长和赵守信老师自告奋勇看守校园。王校长说，有他在，谁也别想打学校的主意。无奈，程宏发请我回老家去，帮他做老校长的工作。我俩既是同学又是好朋友，我就答应了他。

那天，我踏进红岭小学的校园，映入眼帘的是一簇一簇的迎春花，清香扑鼻。两位老师看见我，无比激动。一番寒暄后，王校长领着我们在没有了学生的校园里走着，他边走边回顾红岭小学的历史。

红岭小学原名灯塔小学，新中国成立前，由于特殊的地理位置，秀岭之上这座庙，就成了地下党组织秘密活动和联络的场所。为方便开展工作，党组织筹办了灯塔小学。地下党员康文贤任校长，他是护送一位首长，从湖北那边过来的，后来就留在了这里。又聘请了当地两名教师，边教书，边从事革命工作。革命胜利后，康校长不愿意做官，坚持在学校任教。

王校长继续说，二十世纪六十年代末，我在这里上学，走进低矮的教室，课桌是土堆上架着块厚厚的木板，凳子是从家里带的。坐在教室，向屋顶望去，能看见天空的亮光。我上四年级那个深秋，绵绵的阴雨下了长达二十多天，河水猛涨，山体滑坡。那天，康校长正为我们上作文课，突然，山坡上滑下的泥石流涌向了教室西墙。靠东墙坐的同学，翻窗户逃了出去，靠西墙坐着我和三名同学，其中就有程宏发他爹，看着墙在垮塌，就傻站着，不知道逃。这时，康校长冲了过来，伸手用力把我们四个按在了木板下，让我们蜷缩着。瞬间，教室就垮塌了。在人们把我们救出来后，我和程宏发他爹受了点儿轻伤，那两名同学，一个腿骨折了，一个胳膊压断了。康文贤校长被一根木料砸中了头部，永远地离开了我们。

恢复高考那年，我选择了师范学校。毕业后，我就回到了红岭小学教书，从未离开过。

"唉！"王校长说着叹着气，泪水充盈在他的眼眶。"学生没了，学校也就没能保住。回家养老管孙子，我又说服不了自己，就守在学校里。"

王校长和赵老师是同学。过去，赵老师是负责学校后勤的副校长，两人在一起共事几十年。赵老师有点不乐意，但又拧不过他。

"死心眼，不开窍，我看你是校长还没当够。"赵老师数落着王校长，心中很无奈。

就这样，他俩住在学校里，刮风下雨，都没能动摇过他们。像上班一样准时，每天打开校门，清扫卫生，修剪树木。他们还把学校教学用过的旧物件收拾起来，登记造册，一件一件，摆放在空教室里。王校长常向人们说，城市的发展像漫过水坝的水，每时每刻都在向外漫延，有朝一日，也会漫延到咱这岭上，红岭小学也会重生的。

这几年，盯上校园这块地的人不少，建养殖场的、开发山庄别墅的，办化工厂的，王校长都在阻挡着。我告诉王校长，程宏发想聘请他担任企业的高级顾问，给他每月发工资。

"我爱钱吗？"听了我的话，王校长重重地甩过来一句话，"我两年前就退休了，看着相处了几十年的校园，没了学生，我心里有万分不舍。二十世纪八九十年代，咱这乡上大大小小的学校十四五所，学生把校园撑得满满的。这些年，村民们向外跑，生源少了，学校也就没了，秀岭上再也听不到琅琅的书声。"

赵老师打开学校会议室的门，让我进去参观。这三年，他俩走遍全乡撤掉的学校，从倒塌的校舍里搜寻来校牌、风琴、黑板、书柜等，琳琅满目，从上课下课用的半块铁犁片，到手摇的铜铃，再到生铁铸造的钟，以及后边用的电铃……

王校长有个心愿，他想建个乡学馆，把乡村学校所有的旧物件，陈列出来，让那些头顶白发的学生，回来看看，记住曾经的乡村学校。他还计划把学校后边山梁上那三亩荒芜了的土地，开垦出来，种瓜种豆。让城市里学校的老师，带领学生们来这里上劳动课，体验田园生活。争取给红岭小学挂上市实验小学实践基地的牌子，那就更好。

聆听着王校长的讲述，往昔红岭小学欢乐的时光，一幕一幕在我脑海上演。

走出会议室，绕过花园，踩着青砖小道，我们来到了康文贤校长的坟前。坟茔被一年又一年的迎春花枝条编织得严严实实，青枝黄花，在春风里盛开。

我们默默站在坟前，向康校长鞠了三个躬。我抬头，看着泪眼婆娑的王校长，没有了说服他的念头。

夕阳挂在天空，金灿灿的余晖洒向校园的角角落落，我和王校长漫步在夕阳里……

一年后，市实验小学实践基地的牌子，挂在了红岭小学的校门上。

刮 蹭

天 空

　　卫雪跟陆东一起来到陆东家楼下。卫雪有点紧张，这是她第一次见陆东的父母，不知道他们会对她有怎样的印象。陆东好像看出了她的心思，紧握了一下她的手说，别担心，我爸妈会喜欢你的。

　　两个人乘电梯来到陆东家所在的十三楼。一出电梯，卫雪看到有个手臂上戴着黑纱的男人正站在陆东家门口，门开着，门里站着个女人，应该是陆东的母亲。就见陆东母亲满脸不悦地说，没看见，我们没拿，谁拿那东西干啥？你看我们像拿那东西的人吗？男人头发花白，看上去有六十多岁。不知道他是木讷还是心里实在想知道答案，当下谁都能看出陆东母亲在生气，已经在克制自己的厌恶和不耐烦，但男人还是又追问了一句，那您看到是谁拿去了吗？陆东母亲说，没有，我们什么都没看见，根本不知道这个事儿！男人还想问什么，又好像终于意识到跟他说话的人不是很高兴，于是带着歉意地说，行，那我再去问问别人。打扰了。

　　男人转身离开，卫雪看到他布满皱纹的脸上满是哀伤，还夹杂着羞愧、隐忍和无地自容。她不由得想起她的父亲，父亲下岗后找工作屡屡被拒时，也是这种表情。男人抱歉地冲卫雪和陆东躬躬身，拐进了楼梯间。他没有乘电梯，听脚步声，他又往楼上去了。

　　他在找什么？陆东问母亲。

　　陆东母亲的气愤并没有因为男人的离开而消失，儿子一问她就滔滔不绝地讲了起来。男人住一楼，昨天他父亲去世，今天要火化，到殡仪馆后他母亲才突然想起老爷子生前说过，走时要穿那件军绿色呢子大衣。男人赶紧回家找，没想到他妻子手快，把老爷子的衣物全都整理出来扔掉了，扔在楼门口垃圾桶旁边。男人又去垃圾桶旁找，没找到。男人问小区散步的人，有没有看到那包衣服被谁捡去了。有人说，应该是你们同楼的人，因为看见那人把那包衣服又抱进楼里，但不知道是哪楼的。男人知道后就挨楼找，挨楼问，刚才问到他们家。

陆东母亲之所以这么生气，一是因为男人把她想成捡别人扔掉的衣服穿的人，她觉得这对她是一种侮辱；另一个是他家刚有人去世，他就随便去别人家串门，她觉得晦气。

陆东母亲没让卫雪马上进门，而是把门外男人站过的地垫喷了消毒水，又喷了空气清新剂，还是觉得膈应，最后干脆把门外的地垫和门里的地垫全都扔到楼下，这才让卫雪进门。

因为这个突发事件，陆东母亲没有心情跟卫雪好好聊天，更没有心情做饭招待她。卫雪没坐多会儿便起身告辞了，陆东父母也没有挽留。

卫雪没想到她第一次见陆东父母是这种结果。她跟陆东恋爱两年多，彼此都有结婚的想法，所以才要见双方父母。其实她能理解陆东母亲为什么生气，只是有点不能接受她对待男人的态度以及后面的一些做法。陆东父母都是各自单位的领导，她父母都是下岗工人，虽然她跟陆东同样学历，她的职位还比陆东稍微高一点，但是她仍然不由自主地产生很多联想。

在送卫雪回公司宿舍的路上时，陆东一直替母亲解释，说她就那样，有洁癖。但这并不能让卫雪释然。

按计划，接下来陆东要见卫雪的父母，然后双方父母见面，共同商量两人结婚的事。因为卫雪工作忙，也因为那次见面的不愉快，卫雪有点犹豫，这些事就一直往后拖。

静下心来，卫雪觉得陆东挺好的，对她体贴又细心，聊天也能聊到一块儿。将来她是跟陆东生活，又不是跟他母亲生活，太在意她的态度和行为，对陆东不公平。这么想着，卫雪又把结婚的计划提到日程上来。

这天，卫雪带着陆东去见自己的父母。卫雪的父母住在一个小县城，开车两个小时就到。陆东准备好了礼品，到县城路过水果店时，觉得应该再买点水果。卫雪说不用了，陆东坚持。他把车停在路边，卫雪跟他一起下了车。买完水果回来，卫雪看见车旁边站着一个收破烂的老人，老人旁边是装得满满的破烂车。卫雪不知道老人要干什么。老人见他们回来，首先向他们道歉，说他车上的钢筋棍刚才不小心划了他们的车。陆东赶紧去看划痕，挺深的，有一尺多长。陆东的车才买半年多，心疼得不得了，他不住地指责老人，向老人发脾气。陆东对老人的态度让卫雪马上想到了陆东母亲那天对男人的态度，她心里一凛。

那天，因为陆东心情不好，跟卫雪父母见面后聊得不是很顺畅。在回市里的路上，两人因为收破烂老人又吵了一架。卫雪觉得陆东不该跟老人发脾气，老人刮车后没有逃走就很可贵。陆东说，他不走是应该的，满大街都是监控，他逃得了吗？他把我的车刮成这样，我说他几句有错吗？卫雪说陆东没有怜悯心，陆东说这事跟怜悯心没有关系。两人谁也说服不了谁。卫雪说，我们分手吧。陆东说，分就分。

之后，两人真的谁也没再联系谁。

奇 才

陈 敏

十年前，我在莞城的一家精神病院做护工。

施先生是我接手的第一号病人，据了解，这位看上去文质彬彬的患者来自省城一所重点大学，怪不得他被称为先生，连名字都被略了去。毫无疑问，施先生一定是个阅历深、有学问，又有影响力的学者。

然而，这位看上去温文尔雅的施先生却有很强的暴力倾向，据说在我接管之前，好几个护工都被他撵跑了：一位年轻的女护工被他骂成"破鞋"，愤然离去；还有个男护工竟然被他打了一顿，陪护他的人不是被骂就是被揍，谁还敢去照看他呢。

听闻这些事后，我紧张得冒出了一身冷汗，生怕自己也遭受同样的命运，心里直打退堂鼓，可转念一想，这位施先生被列入特殊患者人群，看护费比较高，为了赚钱，只能耐着性子接受了。

我发现被囚禁在小角落里的施先生非常孤单，他特别厌烦封锁他的那扇黑色的铁门，尤其喜欢外出，只要带他出门，他就显得异常愉快。

平日里，他喜欢坐在草地上或树荫下，嘴里叼一根狗尾巴草，抬着脑袋，眼睛痴痴地望着一朵云或一只鸟。我也陪他坐着，彼此都不言语，直到晚风吹过来，太阳落下去的时候再将他带回去。他对这样的生活和环境还算满意，没有生出任何逃离之心。

施先生是患有双向精神障碍的病人，医生建议护工多注意患者的心态，可在恰当的时候陪伴其出去游玩，放松心情。于是，在他双眉紧蹙，忧心忡忡，快要发火的当儿，只要说带他出门，他就即刻笑容可掬，欣喜之情溢于言表，有时像小孩一样手舞足蹈，嘴里叽里咕噜，说些我听不懂的语言。

难怪他以前那么暴躁，曾经看护他的那些护工多半不负责任，也不友好，他们只负责看守，不仅不去搭理他，还把他当成罪犯一样去监管。

照顾这样的特殊患者最重要的是多跟他沟通，想办法让他心情愉悦，疏解压力。

不久，我从旧货市场购来了一辆便宜的二手车，没事就带他出去散心，晚上陪他坐在草地上看星星。

那个时候，我的车里还没有装 GPS，出门得靠地图。一张很大的地图折起来就像一本书那么厚。驾车出门得翻看地图才能找到来回的路。结果有一次，我带他去很远的一个风景区，出门有点匆忙，车开到半道才发现忘了带地图。

"坏了，忘带地图了，咱们得返回去拿地图。"我对一旁的施先生说。

"没关系的，不用取，我给你指路！"施先生说。

我简直蒙了，说："这么大的城，不看地图怎么找得着路？"

他说："你放心，我给你找红绿灯最少的路线，咱们走捷径。"他一路指路，然后，又原路指了回来。

回来后，我问他："你是怎么知道路线的？"他说："莞城的地图就在我脑子里。"他用手敲着自己的脑袋，说，"我上次看了一遍你的地图，就记住了！"。

"天啊，只看了一遍，你就记住了！我看一百遍也记不住！"我惊讶地喊了句。

这哥们简直就是个奇才嘛！

他老是自言自语，一个人跟自己对话，说得不清不楚；有时我听懂了，好像是在讲英文、日文、带卷舌音的俄文，但大多数情况下，我还真听不懂他说的是哪国语言。结果有一次，我们一坐下，那哥们又开始自言自语，之后，又用不同的语言跟我说话，我答不上来，一时急切，就唤来了院里的一位老员工。我问老员工知不知道这位施先生在讲什么，老员工说："这位先生可不一般，他会讲七国语言呢，平时一个字都不讲，遇见他认为合适的人就滔滔不绝地讲个不停，他这是喜欢你，所以就换着语言跟你说话哩，他是我进院以来几十年里见过的智商最高的疯子！"

我又一次震惊了。

多么牛的人呀！我对他的佩服变成了敬慕。

医生说，这类病人心里垃圾太多，唯一的方式是通过说话将垃圾排泄出去，他这样无休无止地说话，对他康复大有裨益。

才华对施先生真是一种负担啊！

在我和施先生友好相处了半年之后，我换了另外一份工作，因为施先生出院了。

我至今都不敢向任何一个知情人打听有关施先生的事情，或许他已经彻底康复，重新站在了大学的讲台上，或许……但我一直怀念他，怀念和他一起度过的那段难忘时光。

老 茄

赵淑萍

我顶讨厌这个外号叫"老茄"的男人。

他的大名叫胡永福。我父亲退休后回老家生活，他常上门聊天。

"你退休工资多少？""你城里的那套房子面积多大？"他聊的就是这些话题。我父亲如实回答他后，他就说"工龄这么长，工资也不高啊。""八十多平方，那不大。""你出去兜了一圈回来，也就这样。"我父亲很谦逊地说："工资，当然是你们事业编制的高。"他顿时面有喜色。

我在旁气不过，就说："话怎么能这么说呢？多少人做梦都想去大城市，毕竟，生活在大城市，眼界、见识都不一样。城里黄金地段八十多平方米的房子，到乡下可以造一幢大别墅了。"一听我的话，他就讷讷的，脸有些挂不住。

他走后，父亲就责备我："难得回家一次，对长辈，你何必那么尖锐？就不能让他有些成就感？"

我向母亲请教"老茄"这外号的来由。母亲说，胡永福的母亲生他时已经四十多岁了。他从小瘦弱多病。"老茄"就是秋茄。秋茄总没有夏茄来得饱满水润，而且，人们还形象地说他家"捡根秋茄传了种"。

这"老茄"个小，黑瘦，但五官尚可，他老婆阿花，长得人高马大，脸又圆又大，都是肉，花白头发还编两条麻花辫，浑身是劲。他们的两个儿子，综合了他们的优点，长得一表人才。

我又问母亲，村里人都说"老茄"的媳妇是童养媳，此事当真？新中国成立了，还允许有童养媳吗？母亲说："是，但又不是。"有一年，一只打渔船经过这个村，午饭时靠岸停泊。船老大是绍兴人，带着老婆和 3 岁的女儿。那女孩比同龄的女孩个子高，很是健康、活泼。永福母亲在河埠头洗衣，和船老大的女人搭上了话。女人说家里穷，又一大堆的孩子，日子真过不下去了，就到处捕鱼为生。大的几个孩子都扔在家里，让婆婆管，3岁的女儿就带在身边。永福母亲想自己这么多年，还没个孩子，就问船老大和女人愿不愿意把小丫头送给他们。船老大夫妻同意了，把女儿放在岸边就走了。

3岁女孩很好哄，而且，这个家比原来的好多了，是瓦片房，还能吃饱饭。这个女孩带来了福气，她来后不久，养母居然胃口大开，怀上了，于是就有了永福。

永福慢慢长大，在小伙伴们看来，永福可窝囊了，跑不动，走不快，摔泥泡都会摔成一团泥。跟人家打架，没有一个他打得过的，就知道抹眼泪、耍无赖。这时，他姐姐阿花过来，两手一叉，小伙伴们就吓得够呛。因为此前动过手，在阿花这儿绝对占不了便宜。以至于后来，永福一吃亏就回家搬救兵。他对这个姐姐又怕又依赖。

永福娘看着瘦弱的儿子和健壮的养女，心里有了主意。就想着把女儿娶为儿媳妇得了。一是自己养了多年，有感情；二是那老来子实在太窝囊，得找个人护着他。"女大三，抱金砖"，这事就这么定了。

永福确实是有福之人。他媳妇能干，家里家外的活都干了，还给他生了两个大胖小子，这使永福在村里有了底气。他邻居李三样样拿手，但生的三个都是丫头片子，以至于说话都说不响。只是，阿花对他管得紧，不许抽烟，不许喝酒，凡是赌的事情，均不得沾边，更不要说出去闲逛、拈花惹草。姐姐成了媳妇，永福就开始各种嫌弃，嫌她土气，嫌她一成不变的两根麻花辫，嫌她皮糙肉厚，身子像滚圆的柴油桶。那年，省里的一家国营大厂到乡下来招工。永福兴致勃勃地报了名，名义上是想去捧铁饭碗，心里想的是怎么躲开这个媳妇。但是，来招工的人，看中的是我父亲。父亲那时眉清目秀，待人彬彬有礼，人见人夸。后来，他回老家，这永福看见他就不爽。

永福的父亲，除了干农活，还顺带管闸。这条穿过村庄的河，通着大海，所以要根据水位放闸、闭闸，村里给一点补贴。

后来，他年纪大了，觉得儿子手不能提肩不能挑，就把管闸的事情交给了他。再后来，这闸成了水利局下面的一个闸管所，永福有了事业编制。村里人眼红，都说永福就是命好，活轻、工资高。而他的媳妇阿花，还是埋头种地，含辛茹苦地操持着家，管教着两个孩子。

永福在村里自觉高人一等，常常跟人炫耀，斗嘴起来不肯服输，可到了家里，被阿花训斥几句就立马噤声。

有一次，阿花去走亲戚了。永福在家里叫了一桌子人打牌。阿花冷不防提前回来，看到家里被弄得乌烟瘴气，烟头、瓜子壳撒了一地，很不悦。众人一看，就想散了。永福觉得没面子，不让大家走，还破天荒地朝阿花开炮，结果阿花把整张桌子给掀翻了。事后，这永福出来，耷拉着脑袋，"瘟"了好几天。

永福的两个儿子，都很出息，分出去过，盖起了高大气派的楼房。儿子们总是把母亲请过去，不是帮忙看孩子就是商量些事，还专门为母亲留了一个很大的房间。可是，儿子们不待见永福，总是冷冷的，一副把他拒之门外的样子。这样一来，永福心里很不平衡。但对人说，他就喜欢一个人住在老宅，逍遥快活像神仙。

知道这些后，我打心里鄙视这个"老茄"。

那一次，我又回老家，发现父亲不在家。母亲说父亲去胡永福的儿子家了。胡永福得了重症，日子不长了。儿子终于把他接进了自家气派漂亮的房子，而阿花也日夜陪着，对他百依百顺。父亲回来后说，永福已经说不出话来了，看见他，向上指了指，意思说让他楼上楼下参观一下他儿子的"豪宅"。

与往事有关的 10 块钱

张亚凌

在县城参加完物理竞赛，领队的老师把我们 8 个人喊到一起，给每人发了 10 块钱。

对，你没听错，是 10 块钱，我的手从没摸过的大钱。我至今还记得当时的情形：第一个同学接钱时，手是颤抖着的，而等着接钱的我们，都张大嘴巴发出了 "啊——" 的惊呼，好像我们立马就是地主老财了！

每个人都拿着 10 块钱，激动得像一锅沸腾的开水，翻滚着 10 块钱绽开的想象的浪花，领队老师好不容易才使我们安静下来。"你们给学校争光了，拿着手里的钱，老师带你们吃一碗羊肉泡馍，坐车回去，还能剩点零花钱。" 同学们都欢呼雀跃。

"羊肉泡馍！" 我跟着老师才重复了一遍，就感觉有口水往下流，赶忙抹了抹嘴巴。又盯着手里的钱看了好一会儿，10 块钱，我的！我抿了抿嘴唇，走到老师跟前，怯怯地问："老师，我能不能留着钱不吃饭也不坐车？"

老师看着我，反问道："饿着肚子，20 多里路，你要想清楚。" 我下决心般点了点头——手里攥着 10 块钱，有啥做不到的？

一个人走在回家的路上。没有像往日那样甩着手蹦着跳着哼着歌，不是饿，而是手一直小心地按着衣兜——装着 10 块钱的衣兜，好像钱长着翅膀会飞出衣兜。也不敢将钱攥在手里，更怕被人看见。一遇到人，我就显得很紧张，生怕被人发现自己有钱，还是 10 块钱。我心里真的很高兴很高兴，我有 10 块钱了，我甚至都想说给每一片树叶听。我一路上满心欢喜却又不敢笑出声，不被分享的快乐是严重缩水的，那种感觉很别扭，很难受。

我拖着疲软的腿一到家，就舀了一瓢凉水猛灌，拿起冷馍就啃——既渴又饿，前胸贴后背了！而后我笑了，出声地笑，响亮地笑，恨不得抱住院子里的每棵树都亲几口。爹跟娘也笑了，说那小子考好了，想着奖状哩。我不解释，只是笑。

我一个人时，就拿出 10 块钱，看着，摩挲着，脸上都开了朵花。种种诱惑在心里翻江倒海般闹腾着，我就是强压着，啥都不能买，一买就破开了，就不是 10 块钱了。10 块钱，是我摸到过的最大的票面。我几乎是煎熬般抵制着种种诱惑，努力保持着完整的 10 块票面。曾经一度，我看着它，描着画着，越画越像——要是真能画出一沓 10 块钱就好了。

一天，娘阴着脸，一进门就冲着爹抱怨："门户紧如债，背着锅儿卖。借不来钱，咋办？"原来娘借了几家，非但没借到，还被人家埋汰：

"他婶子，好借好还再借不难，你上次借的没还啊……"

"不是不借你，你有借的心也没还的力，不要嫌伤脸，你不开口就能留住脸面……"

娘给爹说着，说没借到钱倒借了一堆难听的话。说着说着，娘就撩起衣襟直抹泪。我看着难受，转了几圈，回屋里取出了那 10 块钱。

"够了够了！"娘接过我的钱满脸惊喜，我都没有讲完过程，她就喜滋滋地拿着钱准备门户去了。

在娘转身的那一刻，我流泪了。

在很长一段时间里，我总是下意识地摸衣兜，是希望能摸出 10 块钱还是摸着自己的遗憾，我也不知道。我的 10 块钱，就那样悄无声息地没了。

娘没有再次提起，也没有夸我懂事。终于有一天，我按捺不住了，正在烧火的我给娘说道起来，说我的 10 块钱，说我饿着走了 20 多里路才攒的钱，说得我很难受很委屈。我的 10 块钱，想都不敢想的大数目，就那样被娘拿走了，还不声不响。娘盯着我看了好一会儿，没有接我的话茬儿，我就无趣地闭了嘴。

一天，我发现了弟弟的小秘密——他把卖中药的钱私藏了起来，3 块8，没有像往常那样交给娘。

我的钱——10 块钱——都被家里花了，他竟然自己攒钱？

自私的家伙！

我继续盯着他。

第二次卖了药材，2块3，他还没交。

两次了，铁证如山！他，私藏——钱，胆真大！

我终于忍不住了，更多的是委屈与愤怒，气呼呼地说给了娘。娘只是抬眼看了看我，又自顾自忙着手下的活儿。我无法说服自己就此放下，遂将弟弟揪到娘面前。

"给咱娘说，你偷偷藏了几块钱？"我解恨似的踹了他一脚质问道。他低着头，不说话。"说啊，哑巴了？"他的沉默更加激怒了我。

娘开了口："我娃不想说就不说，该干吗就干吗去。"

娘咋能那样啊？气得我干瞪眼直跺脚。

弟弟转身，都走到了房门口，他停住了，回过头对娘说："我也想像我哥那样，给你10块钱。"

多年后，每每想起那一刻，我的脸还像猴屁股。

小明亮的明天

孙　逗

　　利用假期，陈提提跟着一个民间资助组织，去了离家两千多公里外的一个大山里。

　　大山里，零星居住着几户人家，他们日出而作，日落而息，在山坡上种粮食，种蔬菜，也种棉花。陈提提跟着资助组织走访了几天，给她的感觉是，这里的人虽然居住在大山里，但是生活充实安逸。老翁牙齿掉了，没有再修补，咧着缺齿的嘴朝客人们坦然真诚地笑；头发花白的老妇，任头发花白着，没有染成黑色，或者根本没有想过再染回黑色。在她们的眼里，头发花了、白了，那是人老了的自然现象。

　　现在，陈提提随着组织去的人家，有三个孩子，他们个个都像年画上的娃娃一样。最小的那个，还在襁褓里，被年轻的妇人抱在怀里酣睡。陈提提弯腰，抱起在地上踮着小脚丫、手里拿着一截小木棍东跑西奔的小女孩。小女孩很乖，头发乱糟糟的，小脑袋顺势一歪，就靠在了陈提提的肩膀上。

　　陈提提坐在一把已经老旧的小凳子上，小女孩始终偎在她的怀里，不肯离开半步。这是一个七口之家，上年纪的老夫妻，年轻的小夫妻，还有三个孩子。

　　陈提提不想走了。她觉得这里的人们心态平和，知足安逸。

　　怀抱婴儿的年轻妇人模样姣好，山野风雨没有摧毁她的容颜，反而令她的神情更加成熟美丽。她的丈夫是个很厚道的小伙子，说话时，脸上还带着一抹羞涩的红色，这很难让人想到他已经是三个孩子的父亲了。

　　小伙子背着一个孩子，出来进去不停忙碌着，给一行人安排饭菜。本来资助组没有在这里吃饭的计划，但是经不住这家人的热情好客，只好答应留下来吃了饭再走。

盛情难却，资助组安顿下来，力所能及地帮着做饭做菜。老夫妻一位烧火，一位蒸饭。小伙子在院里追着鸡跑，他想让大家尝尝他养的土鸡，被众人极力阻拦了下来。大家是来帮助他们的，怎么能吃人家的鸡。

小伙子见鸡被客人们保护起来了，也只好放弃，但转身便背着孩子，踩着梯子，从房梁上摘下了一大块腊肉。直到这时，陈提提才抬头看，房梁上挂着的那些黑乎乎的东西，都是腊肉。

年轻妇人可能看出了陈提提脸上的疑惑，她说："在这个地方，每家几乎每年都要养两三头猪，到了年底，把它们做成腊肉，挂在房梁上，可以吃上一整年。"年轻的妇人微笑着，继续跟陈提提说："我们喂猪都是用米糠野菜，还有剩饭剩菜，猪肉可香了，等一会儿吃饭，你可要多吃些啊。"

看着年轻妇人满眼的喜气和善良，陈提提笑着点头。

吃过饭，要离开时，资助组给他们留下了米面粮油、奶粉、零食，还有一个装有现金的红包。

出了门口，陈提提感觉有人拉她的衣角，一低头，看见那个连吃饭都偎在她怀里的孩子，正用小手紧紧拽着她。她弯下腰，问："宝贝，怎么了？你要跟我们一起去吗？"

小女孩抬起头，小声说："姨姨，你别走了，住在我们家吧。"

对于这一家，陈提提心里还真是有一种特别的情愫，从一见面，就有一种说不清的亲切感。最后经大家同意，陈提提先留在这里，等资助组走访完计划内的全部家庭，再一起回去。

晚饭后，陈提提和年轻妇人，还有三个孩子住在一个屋。小女孩如一个挂件，直到睡着了，小胳膊还紧紧搂着陈提提的脖子。

年轻妇人笑着说："我们家小明亮跟你真是亲呢。"

陈提提问："明亮？她的名字叫明亮？"

年轻妇人说："是啊，叫明亮。也不知怎么回事，孩子的两只眼睛好好的，突然就什么也看不到了。带她去县医院看医生，医生说是先天性的，很难治。我们全家谁都接受不了这个结果，爷爷给她起名字叫明亮，就是希望将来有一天奇迹会出现。"

其实，陈提提一开始也注意到了，小女孩眼睛虽然很大，但是无光，她还以为是孩子贪玩没有睡足的原因呢。此时，她也才明白小明亮在地上玩耍时为什么总喜欢手里拿着一截小木棍了。

陈提提心里很不是滋味。她想了很多，终于做了一个决定。她问："你们舍得让孩子跟我走吗？我想让她进特殊学校学习，也好有个一技之长。另外，我想带她去权威的眼科医院找专家看看，也许能治好呢。"

年轻妇人惊喜地问："真的吗？"陈提提郑重地点头，说："真的，你和你老公、父母都商量一下。要是都同意的话，就让她跟我一起走，我这里是没有问题的。"

第二天下午，资助组成员走访完回来了，陈提提跟这一家老小告别。她的怀里，是睁着一双无光的大眼睛，两只小胳膊紧紧搂着她的脖子，如同挂件一般的小女孩。

人生啊人生

王之双

　　吃罢晚饭，走进书房坐在书桌前，拿起《宝水》刚看两页，妻子忧心忡忡地走过来，哒哒哒的脚步声打断了我的思路。我不耐烦地说："孩子考上了名牌大学，该高兴才是，怎么愁眉苦脸的？"

　　妻子挤出一丝苦笑，愈发显得心事重重，嗫嚅道："跟你商量个事吧……"我说："有事直说，两口子何必吞吞吐吐藏着掖着。"

　　"我想让咱爸来咱家住几天。"

　　我爽快地回道："别说住几天，就是住几个月也行。"我知道妻子是在试探我。岳父经营着一个工厂，自建厂以来，生意一直很好，别说住几天，就是让他来住几个小时，都会把他急出毛病来。

　　妻子顿了顿，一本正经地说："真的，我可不是跟你开玩笑。最近爸的身体不如以前，老生病，我想让他出来散散心。"听妻子的语气，不像有假，我还是毫不犹豫地答应下来。怎能忘记，当初要不是岳父帮忙交了全款，我还不知道披星戴月做多少年房奴呢。

　　妻子仍不死心，用扫雷似的目光看着我，唉声叹气地接着说："爸的厂停产不干了。"

　　这让我有点想不通。上个月，我和妻子去给岳父过生日，事业心极强的岳父恐怕三个孩子过不去，餐桌上，撸着袖子言之凿凿，要在有生之年为他们一人赚下一百万！为三百万的奋斗目标，他准备大干一场，怎么说不干就不干了？

　　原来，同学聚会，一位喝高的同学嫉妒他："车再新，你到我们也来到；房再好，只是遮风挡雨而已；钱再多，一蹬腿你带不走一文。整日顶烈日，冒风雨，东奔西跑图个啥？不就是一个字'累'！我们几个不搭黑，不起五更，哪有风景哪里去，也不比你吃的稀！"

一席话，给雄心勃勃的岳父泼了一瓢冷水。他回家躺在床上，彻夜难眠。是的，人家大公子似的整日东游西荡，吃穿不愁，而自己跟驴似的起早贪黑，弄得灰头土脸，忙得连屁都没空放，不也是一天一天过？想着想着，岳父思想转变，信心动摇了，他决定偃旗息鼓，乐享人生。

正在运行的工厂停工了。岳父每天吃过饭搬只凳子坐在院子里看鸡啄米，狗打架，蚂蚁树上爬。家悠街，街转家，吃了睡，睡了吃，过着悠闲而又自在的生活。可好景不长，没多久他便有些吃不消了，歇得腰酸背痛，手麻脚肿，头晕目眩，心慌气喘，百病缠身。

岳父有些担惊害怕，焦虑不安。到镇上看医生，医生说不干活，不运动，营养过剩造成的富贵病。西药中药开了一编织袋，并再三警告，要活动筋骨，劳逸结合，如果不改变生活方式，非窝出大病不可！

礼拜天，我和妻子驱车从小县城驶向大城市，把岳父接了回来。妻子翻着书本给岳父做着荤素搭配、营养齐全的饭菜，根据食物温热寒凉的性质，以及药用价值，进行食疗。我到渔具店挑了个1000多元的鱼竿，让岳父到附近卫河钓鱼，以便修身养性。

岳父的脾气很暴躁，看着游来游去的鱼光吃钓饵不上钩，探头探脑挑逗他，一急抡起鱼竿照水面上的鱼头敲，鱼儿没敲住，惊得鱼群四处乱窜。两旁的钓友怪怪地看着他，挪挪地方躲他远远的。

还好，钓了几天终于钓出一条小鲶鱼，这可把岳父乐坏了，回家用水桶把它养了起来，放进自己卧室里，每天给它换清水，不是喂馒头，就是喂大米，兴奋地看着鲶鱼仰头一粒粒吞下去。

这天，岳父钓鱼回来，看到鲶鱼有点无精打采，是不是好久没开荤了？便从铁盒里夹块午餐肉给它扔进去，鲶鱼萎靡不振，无动于衷，岳父怜悯地看着它，心情很沉重。

转天岳父又钓回来一个甲鱼，和鲶鱼放在了一块。

甲鱼绕着鲶鱼转来转去，用纤手似的前掌抚摸着鲶鱼的腹部，鲶鱼猛然有了精神，打了个挺，摆动一下尾巴，忽上忽下跑开了。

鲶鱼和甲鱼成了合作伙伴，相伴而行，沿着水桶周围驴拉磨似的不停地转圈，似在寻找食物。

岳父给它们投进去一个剥了皮的小红虾。

鲶鱼和甲鱼立刻反目成仇，你抢我夺，互不相让。一个咬着虾头，一个咬着虾尾，一会拖过去，一会拖回来，拖来拖去，争执不休。当双方用尽力气把虾背拖直僵持到彼此都拖不动时，甲鱼仍然能稳住基本盘，而鲶鱼好像坚持不住了，它急转战术，冷不防用嘴向对方猛烈攻击。

就这样它们在依赖和争斗中一天一天生存着。

如此长久下去，难免会影响它们的情绪和食欲，不利于健康和生长。岳父又找来一个水桶，一分为二，让它们吃得好，睡得香，不再耗费体力去争斗，养好精神，尽快生长。

果然，在这安逸舒适的环境中，甲鱼不慌不忙地吃光了岳父撒下的鱼料，伸伸脖子打了个盹，懒洋洋地将头缩回壳内，靠着桶边稳稳当当睡着了。这边的鲶鱼，腆着肚子，摇摇晃晃地转悠着，打着饱嗝，冒出来一串串水泡，像是幸福的省略号……

一天早上醒来，岳父惊奇地发现鲶鱼肚皮朝上浮了起来。昨晚还上蹿下跳，弄得桶里的水哗哗作响，怎么会猝死呢？

几天过去，岳父又发现另一只水桶里的甲鱼也四腿朝天，一命呜呼了！

生于忧患，死于安乐。动物如此，人何不如此？

岳父深思熟虑后对正要出门上班的妻子说："我想回去。"妻子回头说："等下班了我送你回去。"

到了半晌岳父就等不下去了，他叫了辆的士匆匆返回厂区，决定重操旧业，开启新的人生……

捐　款

张明重

从医院出来，马东一脸茫然。

儿子得了尿毒症，把家里弄得一贫如洗，还欠了一屁股的债。现在医院又让交一万元的住院费，到哪儿去弄这么多的钱呀？马东不知如何是好，只好在大街上晃悠。

不知不觉中，马东来到了离医院不远的广场。这时，几个小学生捧着一个捐款箱来到马东面前，说："叔叔，我们一个同学得了病，家里没有钱治，很可怜，请您帮帮忙，捐点钱吧。"马东想起了自己的儿子，心里一酸，他觉得自己应该捐点钱出来。可是摸遍全身，也就摸出来了五元钱，他只好红着脸把五元钱投进了捐款箱，几个小学生连声说"谢谢"，然后又走向其他的人，人们纷纷向捐款箱里投钱。

看着捐款的小学生，马东突然受到了启发：自己也可以这样为儿子募捐呀。为了儿子，马东豁出了老脸，他到广场附近的一个垃圾桶里捡了一个包装盒，在上面开了一个口，鼓起勇气走到一个老人身边，红着脸说："我儿子得了尿毒症住了医院，现在要交一万元住院费，实在是没有法子了，请您可怜可怜我吧！"老人惊奇地看了马东一眼，说："年轻轻的，有手有脚的，干点什么不好？非要用这个方法骗钱。"说完，瞪了马东一眼，转身离去。马东心里一阵难受：自己的儿子可是真的有病呀！自己真的不是骗钱的呀！

想想病床上可怜的儿子，马东又鼓起勇气走向旁边的一对情侣，可是同样遭到了白眼。求了六七个人，人们都不相信他，马东连一分钱也没有要到，难听话倒听了不少。

马东再也没有勇气走向其他人了，他走到广场的一角，蹲在地上，默默地流泪。

　　正在这时，一个童声在他耳边响起："叔叔，您是不是遇到什么困难事了？"马东抬头一看，是刚才那几个为同学募捐的小学生。马东忙抹去眼泪，说："没事，没事，我眼里刚才进了沙子。"一个小学生说："叔叔，您别骗我们了，我们已经看见您向别人要钱了，您一定遇到困难事了。您给我们说说，我们也许能帮助您。"马东再也忍不住了，泪水再次涌了出来，他哽咽着把事情向几个小学生说了一遍，他也没有指望几个小学生能帮他什么，只是想倾诉一下心中的委屈。

　　几个小学生听完马东的哭诉，一个领头模样的小学生把其他几个人叫到一边，几个人商量着什么。不一会儿，几个小学生又走到马东面前，把捐款箱里的钱全部拿了出来，领头的小学生说："这是我们收到的捐款，全给您吧，希望您的孩子快点好起来。"马东连忙推脱，说："我怎么能要你们的钱呢？再说，你们的同学也需要这笔钱。"领头的小学生说："叔叔，没事的，我们可以再找人捐款。我们那个生病的同学平时也喜欢助人为乐，他要是知道我们把钱捐给了更需要的人，一定会很高兴的，病也会很快好起来的。"一边说一边把钱塞到马东手里。马东说："你们不怕我是个骗子？"领头的小学生说："您不是骗子，您这么需要钱，刚才还把身上仅有的五元钱捐给我们，您是个好人。"说完，不等马东再推辞，几个人就跑了。

　　马东拿着钱，像做梦一样，呆呆地站了好一会儿，才抹着眼泪向医院走去。这点钱和住院费相比差得远，但让马东感到温暖和感动，自己不能再这样消沉下去，再想想其他办法一定能把住院费凑齐。

　　快到儿子病房门口，马东听到病房内传来儿子"咯咯"的笑声。很久没有听到他像这样开心地笑了，马东也感到一丝欣慰。他赶忙走进病房，见儿子斜躺在病床上，一脸灿烂的笑容，几个小学生正围着他七嘴八舌地说着什么。

　　儿子看见了马东，连忙说："爸，你快进来，我的同学来看我了。他们到广场去给我募捐了，好多人给我捐钱。不过，他们碰到了一个孩子也得了病的父亲，就把钱捐给他了。我真的太高兴了，在病床上也能帮助别人。"几个小学生转过头和马东打招呼。

　　马东一看愣住了，几个小学生也愣住了。原来这几个小学生就是给马东捐钱的那几个。几个小学生看看马东，又看看马东的儿子，都不好意思地笑了，马东含着泪也笑了。儿子不解地问："你们笑什么呀？"一个小学生附在儿子耳边说了几句话，儿子也笑了，几个人笑作一团。儿子笑着说："本来是想着给别人捐钱，谁知道却捐给了自己。"

马东抚摸着一个小学生的头说："是呀，其实帮别人就是帮自己。"

山道弯弯

符浩勇

他走了，永远也不会再与她一同回到那个地图上找不到的小山沟沟了。在他愤然回身的一刹那，她就清醒地意识到了这一点。

"你一定要回去吗？"

"一定。"

"一定？"

"一定！"

她使劲咬住嘴唇。她记不清他还苦口婆心地讲了些什么。透过窗外密密的雨帘，已隐隐可以望见朦胧的山影了。她有些焦急：下了车，该怎样去对付那可怕的八里山路？

而且，她也实在想不明白，他究竟为什么能忍心丢下那些热情豪放的同伴，丢下秀美迷人的大山，丢下曾经爱过的她，不，是想拉着她一同跑回城。山里有什么不好呢？那稠密幽深的森林，漫野遍地的山花，清澈晶亮的溪流，还有顽皮逗趣的小松鼠，难道不值得用心去爱护、去眷恋吗？况且，地质队员不就是应该把自己交给远山的旷野、交给寂寞大山么？难道就因为苦些、累些，就可以背起行囊，做个半途而废的叛逃者么？丢人！可悲！掉价！

现在，她真有些后悔了。她不该跑回来，不该在生产的关键时刻离开分队，独自专程赶回大队来挽留他，更不该那么自信地在同伴们面前打包票，说她一定会把他拉回来，与大家一样重新投入大山的怀抱。

他们在学校共同学习了三年，连面条都在一口锅里煮，可万万没想到自己对他并不十分了解。那时的他并不是这样子的，那时的他豁达、开朗，乐于助人，尤其是对自己。算了，那些都是虚情假意，不在困难的环境下是辨不出来的，如今她全明白了，那全是假的，都是他装出来的。既然是假的，就不该去想他念他理他。可眼下她回去，又怎么向大家交代呢？还有那糟糕的八里山路……

诚然，那是一条超乎想象的难以跋涉的路。她永远也忘不了三个月前两人来分队报到的情形。天刚下过透雨，曲弯迂回的羊肠小道，就像一条正在蜿蜒爬动的蛇，黄澄澄、滑溜溜，没有一个足印。可一脚踩下去，稠稠的、黏黏的泥浆立刻没上腿腕，要费好大好大的劲，才能慢慢拔出来，再小心翼翼地探出下一步。稍不留神，便极可能像一块沉重的石头，裹着满身泥泞滚下山坡。昏暗低沉的浓云，改变了路况的原貌，枯树、荒草、悬石、都成了一团团、一片片、一条条奇形怪状的黑影。风一吹，越发显得阴森恐怖。发出的声音，在她听来，活生生就是山鬼的哀号。她紧紧抓着他的手，抱住他的胳膊，任凭他拖着、拉着、掖着，一步一滑，八里路几乎折腾了一个下午。如果不是他为了安慰她而不时在没完没了的牢骚中夹上几句笑话，她可能早就抱头哭起来了。

然而现在，她却不想哭。尽管天正飘洒着大雨，尽管这次只剩下她孤独的一个人。在接到分配通知的那天，她就郑重地在勘探大队长面前保证过：绝不掉眼泪。否则，就太不像个地质队员了，大队长也决不会下决心把她放到这个一年要出八个月野外的勘探小分队里。大队长说过，祖国每一座大山深处都隐有秘密的宝藏，只有不畏困苦，坚持不懈，才有希望勘探出珍贵的资源，每一个地质队员都必须拥有向群山之巅攀登的勇气和信心。

……

终于，汽车像个负重的病人，气喘吁吁地爬上了最陡的一道坡，把她一个人抛在风狂雨啸的山梁后面，又喷着火，颤巍巍地爬走了。

她艰难地撑开鹅黄色的尼龙伞，机械而又不安地环顾一下四周，正准备硬着头皮赶路，忽然愣住了。在离她不远的一棵大枫树下，静静地站着分队里的八个同伴。不错，正是他们，而且是谁也少不了谁的八个人。虽然他们都穿着肥大的雨衣和雨靴，而且互相挤成一团，她还是一眼就认出来了。

"盼盼，我们接你来了。"

"盼盼，我们知道你一定会回来的，一定会的。"

她呆呆地望着他们热忱的面孔，一句话也说不出来。

真怪，他们怎么不问问他为什么没有回来？怎么不怪我讲出来的话没能兑现？怎么没有想到我会不会留下……

"哇——"

这回，她再也忍不住了。她一头扑到迎在最前面的分队长的怀里，放声大哭起来。

山路弯弯，静静地伸向远方……

她 说

田洪波

　　每次与她的相遇总是猝不及防，这不，在小区门口就差点与她撞在一起。她显然是在一种恍惚的状态里，一只手把着门，身体像被磁石吸住了一样，步调无法统一，面色更是苍白得吓人。

　　保安也许见惯了波澜，依然稳坐在门卫室里，这使得她在那一瞬间特别孤立无助。

　　我急忙把这位同住一个小区的老同学抱住，猜想她肯定是频发性心脏早搏犯了。这是医生给她下过的诊断，可她根本不信。岂止不信，连医生让她做的彩超她都不去，她说，身体什么样自己知道，就是累着了，休息调理下就好了。

　　她和我复述这个病时，是在小区花朵正艳的花坛旁。她说，现在的医院，做一个彩超，需要千八百元呢。实际上没什么用，也根本看不出啥病理变化。她说，这一阵儿的确是累着了，打了三份工。上午为一家单位收拾卫生兼收发报纸，中午给一位老人做家政，下午在一家超市帮忙。我不能闲着，需要花钱的事情太多，她说。自从若干年前从一家服装厂下岗，她就不敢有丝毫放松。我的病就是在服装厂干活时落下的，我总是身体前倾，可能压迫到心脏了，她这么给自己的病定性。

　　我让她去三甲医院查查，她一笑置之，说不要紧。理由是，她太胖了，加上累，所以心脏才会难受。她说，那些三甲医院，也就那么回事吧。

　　同学聚会，她打扮靓丽地和我去了，妩媚善谈。临到散场，她坚持买了单，让大家对她侧目。不过就是顿饭，买个单算什么？她这么和我说，之后聚会，她却总是因故缺席。

在花坛旁的凳子上休息片刻，她艰难地冲我笑了下。我提醒她别再大意了，应去医院好好查一下。她摇头说，不用的，你看我今天又买了两种药，吃下去就会好些的。她像个热心人一样把药拿给我看。她总是这样，谁说哪种药效果好，她就买来吃一个疗程。她说，反正也吃不坏身体，有病治病，无病强身。

我知道劝慰不顶用。在她，这种状况已是常态，她不认为有什么问题。何况她告诉我，超市的工作已辞掉了，她不会再那么累了。

我当然表示赞同，事实上，我们曾聊过这个话题。她说，再有几年她就退休了，等领到养老金，她就什么也不干了，她要和爱人去名山大川看看。我也不巴望退休金太多，三千块就可以了，她憧憬着说。

那次，我们聊到了几个熟人，实际上都是不怎么好的消息，几乎都早逝了。她唏嘘着，说了些珍惜当下之类的话。

此后没再遇到过她，我们依然各忙各的。我听说，她和爱人用一生积蓄，在新区买了栋高层。回家我和爱人唠叨，感慨我这位老同学实际上很会过日子，笃信幸福终会属于她。尽管她面色呈现一种病态，而她爱人则被养得肥头大耳。

我不热衷于八卦，听人说她依然在超市打零工。我惊异于她的出尔反尔，却也没把原因想得太复杂。某天，在商场的长椅上见到了她，又让我知道了她的一些事。

给我孩子买双鞋，她说。我问她怎么不给自己买？干吗总想别人不想自己？她笑说，孩子高兴我就满足了，这有什么呀？她还小，还不太懂得孝顺，不过我相信她会好起来的。她说。

你这当妈的真行，我带着点揶揄。因为之前她跟我讲过她的宝贝女儿。她领女儿逛商场，逛到后来到了晚餐时间，于是女儿提议在外面吃。外面吃太贵了，她说，我们回家吃吧？女儿一脸不悦，管她要了两百元钱，电话约同学吃饭去了。她拎着大包小裹回家了，想着爱人晚上有应酬，女儿可以给她带点吃的回来。结果，女儿吃完饭又和同学去了歌厅，回家时已是半夜，一点东西也没给她带。女儿还埋怨她要带东西怎么不早说。她承认她把女儿惯坏了，她用平淡的口吻和我说起这件事。他们都习惯了我的不吃，家里有好吃的，我从来都先可着他们父女，她说。

你这是图什么呀？我感觉有根刺顶在喉咙。听说你回超市了？

她抿嘴一笑，太闲了心会慌。再说，我的病好多了，我吃的那些药效果真的不错。

我们聊到了她的新房，她解释，她还没富裕到想买就买的程度，是贷了一笔款的，加上积蓄。那个地方毗邻一所重点中学，想把女儿转学到那里去，方便。我喟叹，你干吗从不为自己想啊？就不能对自己好点儿？她笑着轻捶我一下，说什么呢？一家人干吗要分那么清楚？

看得出，房子是她最大的希望，她眼里带着一丝希冀。我都想好了，她说，我要在落地窗前，放一把按摩椅，坐在上面看外面的风景。

我相信那是个美好画面，她一直苦着自己，也该享受一下了，因为她完全配得上。

之后见她，总是春风拂面，气色大转，心里很为她高兴。不想在一个阴雨绵绵的上午，却传来噩耗。小区开进一辆救护车。我当时没怎么在意，下午取快递时听到议论，才知是她心脏病发作，最终没抢救过来。

那一刻，我愣怔着坐在凉亭里。我下意识向她家的窗户瞥去。我知道，在她未来入住的新房落地窗前，会有一个人坐在那里看风景的，毕竟她的爱人才只有五十岁。这么想着，我不由得湿了眼睛。

江南聊斋

谢志强

重　复

那一天，沈阿根没掘到笋，仿佛山里的竹笋跟他玩藏猫猫。

夜晚，他做了个梦，看见有一簇杜鹃开花了，只开了一朵，他摘下，立刻又开出一朵。一朵一朵，又一朵一朵。同一株上，他摘掉一朵，一会儿又冒出一朵，开得摘也摘不完。

直到他受不了不断重复的东西，就惊醒了。想起母亲，母亲拉着他的手，上山摘花，好像梦里的花就是小时候摘的花。现在，父母的坟墓就在山上。

一大早他就上山，发现漫山遍野都开了杜鹃花。他知道，其实是他光顾着找竹笋，没注意花开了。

山崖下边，他看见一簇盛开的杜鹃花，很眼熟，跟昨晚梦里摘过的一样，仿佛山野的花都从这株开，创造了繁荣。

他攀上岩石，刚要摘下那朵特别旺的花，却发现花的下边，有一株笋，尖尖的头，刚拱出来。他就是来掘竹笋的呀，花引他找到了笋。

没料到，拱出土的是小小的尖，土里边却是大大的身，又嫩又壮，简直像个白胖小子。母亲说过，他小时候就是个白胖小子。

第二天，同一个地方，同样拱出一个笋尖，第三天，也一样。沈阿根好奇，用山锄往下挖，挖着挖着，锄头溅出火星，土里有个有凿纹的石块，是个石槽。他看出，那是放猪饲料的石槽。

他背槽回家，想着，将来养头猪，有石槽用了，便放在窗前的屋檐下。

入秋，他采来野果，红蒲果，一串串，打算明天去镇里卖，小孩喜欢。他顺手放在屋檐下的石槽里。

第二天起了个大早，他惊呆了，石槽里高高地堆起了新鲜的红蒲果，仿佛要溢出来，可昨晚石槽仅装了一半。他想起同一个地方长出同样的竹笋，就抓了一把黄豆撒入石槽，黄豆如水一样涨上来了。放了一把米，转眼又变成一槽米。他知道，碰上了传说中的宝物，小时候，母亲哄他睡觉，讲过这样的故事。

随后的日子，他总是拿粮食接济村里的乡亲，把野果分给镇上的小孩，别人给钱他也不收，仿佛他就是那个石槽，取之不尽。他开始注意过去忽视的东西了，比如梦里的花朵，天上的白云，夜晚的繁星。

有一天，沈阿根回家，家里一片狼藉。村里人告诉他，县太爷带着一帮人来过，几乎把他家翻了个底朝天，最后空手离开。

石槽还在屋檐下，只是底朝上了，倒扣着，他翻过来，没有损坏。

三天后，来了个乞丐，衣衫褴褛，头发花白，还拄着拐棍，一副有气无力的样子，伸着破碗，要米。

沈阿根抓了一把米撒入石槽，眼看着白白的米涨上来，堆成了尖，要溢出的当儿，突然停止。他往乞丐的布袋里舀米。

乞丐突然转身，又呼喊又招手。立刻，几个穿着衙服的人冲出来，簇拥着知县。

知县说："师爷，到底你有谋略。"

乞丐拿掉假发，戴上眼镜，恢复了师爷的模样。

知县命令差役抬上石槽，打道回府。

沈阿根的双脚站进石槽，坐下。

两个差役上前拽，一人拽一条胳膊。

可是，拽出来一个，槽里又出现一个，里里外外，有十多个沈阿根。沈阿根们相互看着，忍不住笑了。

知县急了，说："看我。"他跨进石槽，挤出沈阿根，喝令差役来抬，似他坐在轿子里那样。

师爷忙说："老爷，你还是出来吧，一个县只能有一个县老爷。"

差役连忙上前搀扶知县，可是，扶出一个，石槽里又立着一个。石槽里的知县乐了，而槽外的知县慌了，一个要出来，另一个要阻止。差役加快动作，不一会儿，就站出了十多个知县，表情、动作都一模一样。

沈阿根说："你们忙吧，我上山采山货去了。"

那一天，村民都来看热闹。一群县老爷，长得穿得都一样，连腔调都一样，好像演戏文，石槽里还立着一个。知县们相互争吵，都声称自己是真正的知县。

师爷也分辨不出究竟哪一个是县老爷的真身，他只能阻止差役，暂且不往外拽了，维持现状，不可再重复。

记　认

潘春林生于1900年，祖籍德清曲溪湾，到湖州街上开了家私人诊所，是有名的中医外科医生，医术高超，闻名遐迩。他在湖州从医五十载，人称其治疗方法为曲溪湾外科流派。

1949年，潘春林开私人诊所。他和母亲相依为命，母亲有个贴身丫鬟，视同女儿。潘春林的精力都投在诊所里，生活也很规律，白天坐诊，晚上清账。他有一间书房，平时闭门，家里人从不擅自进去，他自会打扫得一尘不染，所有的书籍都摆得整整齐齐。

午饭由丫鬟送，唯有晚饭和母亲同吃。母亲不懂医，免不了叮咛些话，比如：百姓生活难，生了病就更为难了，一般都要拖到生死关头，才会心急慌张来治疗。穷人不生病，等于交好运。还提醒他，对交不起"郎中包"的穷人要格外体谅。

饭桌上，潘春林不说话，只是点点头。潘母生怕儿子这个耳朵进，那个耳朵出，就让丫鬟趁送午饭时多留心，多长眼，把诊所里的见闻细说一遍。然后，晚饭桌上，潘母会针对性地念叨一些话，不论儿子听不听，慈母都要说。不过，潘春林的态度好，从未流露出厌烦的表情。

一天，丫鬟提前送饭，恰巧有两个衣衫褴褛的农夫抬着一个藤榻，榻上躺着一个呻吟的病人。病人的大腿生了一个疮毒，当地人叫鲤鱼搅子。

治这个病要动个大手术，否则病人性命不保。潘春林本该收八块银圆，一问病人家境贫寒，就打了个折，要收五块"袁大头"。

两个农夫一脸茫然，悄悄商量了一阵，无奈地摇摇头，说出不起，抬起藤榻离开诊所。

丫鬟放下饭篮，回禀潘母。潘母顿足，说："饭桌上我的那些话他都当耳旁风了。"

潘母拉开抽屉，取出钱盒，说："拿上五块洋钿，赶紧追上病人。"

丫鬟在街的尽头追上了藤榻，可能农夫又伤心又疲惫，步子慢了。她把潘母的原话转给农夫：要是潘先生问起怎么有钱了，就回答恰巧在街上遇见了有钱的亲戚。

当天的晚饭，潘母没像往常一样念叨，只是静静地慢嚼，也如往常一样，给儿子夹一筷菜，那是合儿子胃口的菜。

潘春林习惯了母亲的念叨，今天母亲却不出声，他反倒不习惯了，时不时瞅一瞅母亲，似乎期待着她发话。

潘母表情平静，好似没看见儿子的目光。

潘春林添了一碗饭，还说："今晚的菜味道好。"

丫鬟窃笑。潘母说："味道好就多吃。"

晚饭后，潘春林一如既往，入书房，关起门，点亮灯，沏一杯清明前绿茶，端正落座，清点当日的进账。

丫鬟轻轻叩门，说："母亲来看你了。"

潘母由丫鬟陪着进来。潘春林搬来椅子。潘母环顾了书房，似乎在查看还缺少什么。

潘春林的心还在账簿上，一时无话，却欲找话题。

潘母好像也没什么事，不经意地问这问那，属于日常话里的琐事。

潘春林要么点头，要么说是，总把潘母要展开的话煞尾。

潘母的目光落在账簿上了，就问："可有病人出不起钱治病，回头离开了呢？"

潘春林闪烁其词，说："都付清了钱。"

潘母起身，拉开桌上的抽屉，里边一堆银圆，发出清脆的响声。她挑出五个银圆，放到桌上。

潘春林反应敏捷，立即想到藤榻抬来的病人。

潘母说："可认得？"

潘春林说："银圆都由统一的模子铸造。"

潘母说："这就是患有鲤鱼搅子的病人出的银圆。"

潘春林立起，向母亲低头认错。不过，他瞥了一眼丫鬟，说："娘，你怎么知道？"

潘母说："我亲手用小刀在上面刻了个记认。"

记认就是记号。潘母曾在他的草帽、雨伞上缝过记认。那时，潘春林念私塾，他说："同学笑话我呢。"

潘春林说："病人那么快就有了银圆，说是亲戚那里借的，原来是娘赠送的呀。"

潘母说："幸亏小英追得快，追回了一条性命。"

潘春林要将五块银圆归还给母亲。

潘母说："留作纪念，记住教训，郎中治病，人命关天。"

珍藏了刻有记认的五块银圆，潘春林将母亲的记认铭刻在心。

机 会

曹彬临危受命，担任主将，统率十万大军，征讨南唐。

宋太祖询问曹彬，可有什么要求。

曹彬说："恳请皇上恩准，让田钦祚担任我的副将。"

宋太祖允准。

朝廷内顿时哗然。

田钦祚虽为将军，但打仗不行，且心胸狭窄，武将却偏文——巧舌如簧，背地里阴险狡诈。他常常向宋太祖进谗言，许多大臣都吃过他的苦头，对他避之不及，可曹彬偏偏要特召小人纳入麾下。

曹彬也曾屡次吃过田钦祚谗言之苦，幸亏宋太祖识才，没有为难曹彬。

诸位大臣纷纷来曹彬府上相劝，为社稷着想，为个人考量，恐会蒙受不白之冤，不要弄得主将内外受困。怎么人皆敬而远之，你却收到身边，副将真的非他莫属？曹彬似乎胸有成竹，微微一笑说，还是把他带在身边为好。

宋太祖也闻悉反对的声音，临出征前，他单独征求曹彬的意见，委婉地表示此时改变主意尚来得及。当然，宋太祖赞赏曹彬胸怀宽阔，且善于用兵。

曹彬说："皇上，末将主意已定，给他一个机会，也给我一个机会，他也可凭此次出征改变自己的形象，打破给人的固有印象。"

十万大军浩浩荡荡出征，直指南唐的都城金陵。破城，南唐主李煜投降。原先大家担忧的"一粒鼠屎坏了一锅汤"的情况并没有发生。

凯旋之际，宋太祖嘉奖，众大臣祝贺。

曹彬说："皇上英明，此番南征，南方将士们勇猛无畏，朝中群臣鼎力相助，最终获胜已在意料之中。"

宋太祖单独询问了副将田钦祚的表现。曹彬此次率军出征，皇上也隐约担忧，因有大臣进言，若是此战出现不利，可能是田钦祚起反作用——挑剔曹彬的不是，然后密报皇上。可是，宋太祖摊摊手，说："我竟没收到过副将的密报，这也是我欣慰之事，你是如何让他敬服于你的呢？"

曹彬说："感激皇上的信任，征战时，我自始至终把副将带在身边，把他放在我的眼皮子底下。"

宋太祖说："那不是不给他建功立勋的机会了吗？"

曹彬说："他出征本身就获得了立功的机会，对他而言，不战就是功，所以，皇上嘉奖他，我也欣慰，功名利禄可以堵住他的嘴。"

宋太祖说："出征前后，大臣们反应尤为强烈，甚至有大臣进言，要我紧急召回副将田钦祚，你完全没有必要带他出征呀。"

曹彬说："他随我出征，还是留在朝中？皇上，恕我直言，我也有私心呐，战场上最怕什么？怕暗箭伤人。最好的办法就是带在身边，不给他那样的机会。"

万马奔腾

揭方晓

锡林郭勒大草原，一望无垠。

茂盛的草丛中，巴特尔四仰八叉地躺着。他望着繁星闪烁的夜空，久久地呆着。倏地，心里长叹一声。

只是心里叹着，嘴上仍咬着根野草，并无半点声息。

巴特尔是马迷，他的眼里、心里，除了马，万千世界里剩下的就不多了。他不仅能一口气数出赤兔、的卢、绝影、爪黄飞电、照夜玉狮子、快航、乌骓、黄骠等众多历史名马的名字，还知道昭陵六骏、秦始皇七骏、周穆王八骏、汉文帝九逸、唐太宗十骥，这里面各种马的名字，不管多写意，不管多传神，不管多生僻，不管多拗口，他都能脱口而出，不打丝毫磕绊。

"巴特尔"是蒙古语中"英雄"的意思。

自古名马配英雄。巴特尔笃信，这就是绝配，是天作之合，是人间美意。

可惜，他认为自己生不逢时，没有生活在"长刀如林，战马嘶鸣"的历史时代里，没有生活在"一剑一马走天下"的武侠世界里，没有生活在"万马奔腾如卷席"的壮烈图画里。现在的草原，太贫乏了，贫乏到马儿都提不起奔跑的兴趣，少了许多热血传奇。

父亲常摇头，说他天真、幼稚，生活在幻想里。

他嘟囔道，没有幻想，活着还有什么劲呢？

巴特尔也养马，不是养那种供人食用的倒霉肉马，而是顶天立地的赛马，是超凡脱俗的赛马，是那种草原上尽情驰骋的狂野赛马。

为了养好赛马，他总是挑选山坡上上好的草供马儿食用，又驱使马儿在盐碱地里吃含碱高的草，舔食土地上的碱面，并且经常喂一些豆类、玉米或者胡萝卜给马儿。父亲有些心疼，叽叽歪歪、骂骂咧咧，巴特尔装聋作哑、我行我素。

唉，两代人，隔着鸿沟呢。

甭说，经过巴特尔的精心饲养，他的马群里还真有几匹赛马脱颖而出，其中一匹青马，有龙之气质；一匹黄马，有虎之精神，最得巴特尔欢心。他将它们分别命名为龙云和虎风，经常带着它们去参加各种赛马比赛，特别是那达慕赛马大会，两匹马屡获佳绩。

传统的蒙古赛马都是30公里、60公里甚至90公里的长距离赛马。这样长的距离在西方人眼里早已属于极限运动，但在那达慕赛场上却是很普通的。选手从一个山口出发，沿着绵延的山谷跑到另一个山口。莽莽草原，众多赛马奔跑起来，大有万马奔腾的气势。

这种气势，巴特尔最喜欢。

那达慕大会是蒙古族人民喜爱的一种传统体育活动形式，在每年农历六月初四，也就是草绿花红、羊肥马壮的阳历七八月举办，是草原上一年一度的传统盛会。

不仅参加那达慕，巴特尔还经常带着他的龙云和虎风，参加草原上各个马场的长距离速度赛及耐力赛项目，所到之处，皆载誉而归，奖牌、证书一大摞，当然，也有丰厚的奖金。

瞧着这喜庆的奖牌、证书，父亲虽然没有表扬巴特尔，却从此放手，任由巴特尔捣鼓他的赛马，不再跟他置气。

不得不说，龙云和虎风的确是好马，可在巴特尔看来，它们跟古代那些名马，还差得远嘞。它们能像战神关羽的赤兔那样日行千里吗？不，不能！能像楚霸王项羽的乌骓那样忠于主人吗？不，不能！能像一代雄主刘备的的卢那样救主人于危难吗？不，不能！充其量，龙云、虎风也只是凡品，跟历史上知名的上品、绝品、圣品、神品的那些名马，差距还大着嘞。这也是巴特尔内心长叹的原因。

夜空中，星星闪烁。一颗泯灭，一颗乍起；一颗暗淡，一颗暴亮；一颗转瞬不见，一颗突如其来……这种转折与变化、对比与反差，起伏不定，绵延不绝，让巴特尔心神激荡。他突然觉得，这一切都是美好的，闪耀的抑或暗淡的，存在的抑或消失的，迎面而来的抑或风一样远去的，都让人痴迷、陶醉。很快，巴特尔又想到马，心中有丝丝内疚，为自己的龙云与虎风。

巴特尔振作精神，牵出他的这两匹骏马，呼啸连连，轮流跃上这两匹风驰电掣的骏马，向着莽莽草原深处飞奔而去。

胸中，如万马奔腾般，一时豪气冲天。

蝴蝶飞舞

胡 玲

下班时经过一间饰品店，玻璃橱窗里精巧别致的饰品宛如五彩缤纷的星星，吸引了她的目光。她忍不住走进去。琳琅满目的饰品，看得她目不暇接，她像只蜜蜂，突然跌入无边的花海，无限欢喜。货架上各色各样的蝴蝶结发卡也像千姿百态的蝴蝶正翩翩起舞，好看极了。她的思绪立刻随着这些"蝴蝶"轻舞飞扬。

她出生在农村，小时候家里经济并不宽裕，拥有一件发饰的确是件奢侈的事。有一次，坐在她前面的同学头上突然别了一枚淡紫色的蝴蝶结发卡，将秀发点缀得灵动可人。她羡慕极了，心里对蝴蝶结发卡的向往便开始像春天的野草般疯长。晚上做梦，她都经常会梦到自己发间别着一枚蝴蝶结发卡，桃花一样的粉红色，在阳光下闪闪发光。

没多久，一个货郎挑着担在村里叫卖日用品，担子里除了香皂、雪花膏等，还有她日思夜想的蝴蝶结发卡。她埋藏已久的渴望被点燃了，兴冲冲地跑回家，央求母亲买一个给她。母亲脸一沉说，买那东西干什么？不当吃不当喝的，家里可没这闲钱。她仿佛被浇了一大盆冷水，透心地凉。

隔了段时日，表姐从省城批发了一些饰品在村里售卖，有项链、耳环等，最令她惊喜的是，竟然也卖蝴蝶结发卡。那段时间，她天天往表姐家跑，时不时把那些蝴蝶结发卡捧在手心里看，像捧着价值连城的珠宝一样，爱不释手。有一天，趁表姐出去了，她悄悄打开表姐的箱子，取出一只粉色蝴蝶结发卡别在头顶，对着镜子看了又看，仿佛自己变成了小仙女，心里如同吃了蜜糖一样甜。不知什么时候，表姐突然推门进来，她慌忙地将发卡从头上扯下来，丢在箱子上，埋头蹲在地上，不敢去看表姐。表姐走过来，把她从地上拉起来："小丫头片子，知道臭美啦？"表姐把她推到镜子前，给她梳好头发，将那只蝴蝶结发卡温柔地别在她的刘海边。"真好看，这只蝴蝶结发卡就送给你了。"听了表姐的话，她激动得差点叫出声来，一头扑进表姐怀里。

那是她童年拥有的第一个蝴蝶结发卡，也是唯一的一个。

后来，她成家了，生了一个女儿，她喜欢给女儿买各种蝴蝶结发卡，每天轮换着戴在女儿头上，把女儿打扮得像花朵一样。只是现在女儿上高中了，再也不肯戴发卡了，说"很幼稚"，她便好久都没有逛发饰店了。

"哇！这些蝴蝶结发卡真漂亮！像真的蝴蝶一样！"稚嫩清亮的童声打断了她的回忆。两个小学生模样的小姑娘挤到她前面，踮起脚，昂着头，笑盈盈地盯着那些蝴蝶结，两眼放着光。

"我们一人买一个吧！"红裙子小姑娘说。

"买三个，我还要给我表妹买一个。她可爱美啦，我送给她，她肯定高兴坏了。"另一个圆圆脸上荡漾着两个小酒窝的小姑娘说。

只见小酒窝大声问店员："姐姐，这个发卡多少钱一个？"

"三块钱一个。"店员说。

红裙子翻遍全身口袋，掏出三块零钱。小酒窝在书包里找了又找，数了又数，却只翻出来四块钱。

"还差两块，不够买三个。"小酒窝一脸失落。

"要不，我们先买两个？"红裙子问。

"不好，要买就买三个，我们三个人一起戴。我明天早餐少吃一个包子，可以省下一块钱。"小酒窝语气坚定地说。

"那我今天晚上帮妈妈洗碗，她会奖励我一块钱。"红裙子也说。

"这样，我们明天放学就可以买到三个蝴蝶结发卡了。"两个小姑娘的脸瞬间阴转晴，她们又看了几眼那些蝴蝶结发卡，依依不舍地走出饰品店。

这时，她飞快地抓起三只蝴蝶结发卡，冲到收银处买了单，去追上两个小姑娘。

"这三个蝴蝶结发卡送给你们。"

两个小姑娘摇摇头："我妈妈说了，不能随便要别人的东西。"

"这是我给女儿买的，她不喜欢，丢了挺可惜的。来，我给你们戴上。"她不由分说地给两个小姑娘戴上蝴蝶结发卡，把剩下的一只蝴蝶结发卡塞进小酒窝手里。

"谢谢阿姨!"两个小姑娘笑得像太阳花一样灿烂。

她朝她们挥手再见。她们开心得像两只兔子,蹦蹦跳跳跑远了。

望着她们远去的背影,阳光下,好像看到两只蝴蝶在她们头上飞舞,她一阵恍惚,仿佛看到了童年的自己,正戴着蝴蝶结发卡,欢快地奔跑在耀眼的田野上。

哨所里的"老班长"

刘春梅

那年，我在祖国最东方的边防哨所站岗放哨，每天最早迎接国旗和太阳冉冉升起，心里非常自豪。

哨所地处湿地边缘，有一条蜿蜒流淌的大江，和邻国隔江相望。

我和战友们每天巡逻在边境线，冬天迎着凛冽的寒风，夏天迎着灼热的太阳。

刺骨的寒风就像刀子一样吹打着我们的脸颊，战友们脸被冻得通红，眉毛、睫毛、胡子上都是冰霜，大家不敢松懈，守卫祖国的大门是我们军人神圣的职责和使命。

一天，我们在边境线上巡逻，后面的战友报告，队伍后面远远有一头狼在悄悄跟着我们。

战友们不免有些紧张，班长叮嘱大家不要和狼发生冲突，不惊扰它，继续巡逻。

夜晚，哨兵报告，附近发现狼的踪迹，班长让哨兵注意警戒，继续观察，有情况随时报告。

我们继续巡逻，队伍后面不近不远还是有一头狼跟着我们，始终保持一段距离，没有攻击我们的迹象。

就这样，这头狼和我们一起巡逻了一段时间。

有战士报告说，这头狼在哨所附近刨了一个窝，在里面住下了。

班长让哨兵继续观察，不要惊动它。

狼和我们做起了邻居，各自相安无事，互不打扰。

一次，我们晾在外面的衣服和毛巾突然不翼而飞，以为是被大风刮走的，大家在哨所前后找遍了也没有看见，奇怪了。

哨兵报告，是附近刨窝的狼偷走我们的衣服和毛巾，都放在它的窝里了。

战友们哭笑不得，这是垫它的窝取暖呀！

战友们没有打扰狼窝，用就用吧，这么冷的天气动物也需要取暖。

空旷的大地突然响起枪声，战友们顺着枪声赶到现场，发现满地杂乱不堪的车辙印和血迹。这是偷猎者在打野生动物，一头狼倒在地上，身边血迹斑斑。

胆大的战友慢慢靠近狼，奇怪的是狼看见战友们并没有显现戒备、攻击的迹象，反倒安然趴在地上痛苦地叫着。

狼的腿被枪打伤了，班长掏出随身的药小心翼翼地敷在狼的腿上。

哨兵说附近的狼不知道什么原因，这几天走路一瘸一拐的，好像受伤了。

难道受伤的狼就是附近的那头狼？

我们每天继续巡逻在边境线，队伍后面始终有一头狼，这次狼和我们距离近了一些，走路一瘸一拐，后面的战友说就是受伤的那头狼，我们没有惊扰它。

一天，我们正在边境线上巡逻，身边的军犬突然立起了耳朵，狂吠着挣脱缰绳奔跑起来。与此同时，跟在队伍后面的那头狼也号叫着跟着军犬狂奔。

"有情况"！班长大喊着，战友们立即端起枪随后紧追。

不远处就是国境线，远远看见一个人影在向国境线靠近。

"站住！再跑就开枪了！"战友们大喊着，此时，军犬和狼已经跑到跟前，咬住那人的手臂不放，狼咬住的是拿着刀的那只手臂。战友们惊呆了，只有经过严格训练的军犬才能有这样的本领，狼一般都是会直接咬断脖子的。

军犬和狼立了大功，战友们给那头狼投喂了一些食物，狼渐渐和大家熟悉起来。

狼每天继续跟着我们一起巡逻，还经常到军营里溜达，看见我们也撒娇，躺在地上任我们抚摸，有时肚皮朝上让大家挠痒痒。

别的哨所战士来到这里，奇怪的是，狼也是摇头摆尾，躺地上任人抚摸，就像久别重逢的熟人。

战友们说从来没见过这么温顺的狼。

一次，有记者到哨所采访，狼突然龇牙咧嘴，不让靠近，记者讨好地喂它食物，狼始终保持戒备，直到记者识趣地离开，狼才逐渐解除戒备状态。

战友探亲归来，狼也是龇牙咧嘴不让靠近，战友换上军装，狼又摇头摆尾。原来，狼只信任穿军装的人。

狼和大家和平相处，正式成为队伍里的一员，一起巡逻，协助我们抓捕一些偷猎者和越境者，年复一年。

新来的战士们尊称狼是"老班长"。

母亲的价值

叶 骑

雪，漫无边际地下了一夜。

早上出门的时候，儿子打了一个趔趄，天气很冷，地上的雪花在行人的脚下东躲西藏，已经碎成了一地的冰碴子。

一整天的时间，儿子在公司心神不宁，稍一停歇，心头总会涌上一种不安的预感。这种感觉很奇怪，就像有一种未知的力量，想要告诉你一件未知的事情。

快下班的时候，一个陌生电话打了过来，儿子接起电话：母亲摔了，摔倒在菜市场门口。

儿子满头大汗地赶到医院，医生说，经过初步诊断，老人家右腿骨折，手术倒不复杂，但是老人家年纪大了，恢复情况很难说，也可能会落下残疾。

儿子心头一颤，让医生选用最佳的治疗方案，至于恢复，只能寄希望于母亲能挺过难关，一切安好。

三个月的时间一晃而过。遗憾的是，现实并非童话，医生用自己的专业知识预言了残酷的事实。母亲只能依靠拐杖艰难行走，生活勉强自理，至于其他的，已不能有太多的奢求。

这件事对母亲的影响很大。之前每天晚上她都会给儿子做一顿热气腾腾的饭菜，这是她的价值，也让她觉得自己还是一个有用的人的方式。

儿子也了解自己的母亲，她年轻的时候为了生计，在路边摆摊，跟男人打过架，也当街骂过人，只要能赚到钱，供自己的孩子上学，她什么都能干。那个时候，她是这个家的顶梁柱，不管外面是暴风抑或骤雨，她都立在那里，不曾倒下。如今，母亲连照顾好自己都有些困难，这让她无所适从。好几次，儿子下班回来，发现母亲静静地坐在阳台，神情呆滞地望着窗外……

儿子明白，该是他为这个家做点儿什么的时候了。

晚上，儿子做了一桌可口的饭菜，跟母亲有一句没一句地拉着家常。

自从落下残疾以后，母亲跟儿子的交流不多，饭桌上也很少说话。直到儿子说，今天上班被领导训了一顿，母亲这才抬起头来，听闻自己的孩子挨了骂，她还是没法做到心如止水。

母亲问，是工作没做好么？

儿子说，不是的，是最近迟到了好几次。

你不是定了闹钟吗？

这段时间工作太累了，早上起不来，闹钟也没叫醒自己。

儿子顿了下，接着说，要不，明天你七点叫我起床吧。

母亲愣了一下，看了看自己的腿，又想到儿子挨骂的事，终于还是答应了下来。

第二天，天刚放明，隔壁的房间就传来一阵窸窣的声响。母亲穿好衣裳，拄起拐杖，沿着床沿缓缓挪动，她每走一步都那么艰难，但每迈出一步又是那么坚定，她要叫儿子起床。

推开房门，儿子果然还在呼呼大睡。

三儿，起床了，要去上班了。母亲说。

哟，都七点了，你不叫我，我今天又要误事。儿子满脸憨笑，赶忙从床上爬起来。

从此之后，每天七点，母亲都会准时起来叫儿子起床；而儿子虽从不在外过夜，但每天早上也照样会因为工作太过劳累，闹钟也没法叫醒。

时间像天上的流云，随风飘散。

晨光熹微，东方欲晓，窸窣的声音也越来越近了。儿子赶紧盖好被子，闭上双眼，他知道，不用太久，会有一个熟悉的身影来到他的床前。

流远的徒河

李海燕

当年我离开爷爷家的时候，徒河还在，它贴着村庄后身，由西向东，滔滔不绝。爷爷的屋子里，总是弥漫着湿漉漉的水腥味和哗哗的流水声。

等我再次回到爷爷家中，爷爷病重临危。

爷爷的双眼凹成两眼灶，里面盛着燃过头的死灰。我的一声呼唤，爷爷眼里的光，倏地从死灰里挣脱出来，像流淌的一束光，惊喜、炽热、知足，在我身上流过，最后停在我的脸上。

褡裢和竹竿，还在原来的位置上，一个挂在炕头墙上，一个戳在炕沿和炕墙的角落。岁月给它们包裹了一层黑兮兮的尘埃，但坚硬的骨节，还依稀可见。

我又想起了那个深刻的傍晚，也是小时候，爷爷不断地给我加深记忆的那个更像一个故事的傍晚。

那个傍晚，晚霞点燃了整条徒河。街上乱哄哄的，吆喝声和枪声响成一片。父亲慌不择路地推开一扇门。

父亲把四岁的我放在爷爷怀里，压低声音对满脸惊愕的爷爷说了声拜托，没等爷爷做出回应，跪下磕了三个头，转身出了后门，一头扎进红色的徒河水中。

爷爷披着一床被子坐在炕上，把我连头带脚捂在被子里。窒息的感觉，使我无法大放悲声。晚霞消失后，河面上氤氲着暗灰色的雾霭，屋里暗了，街上终于安静下来，爷爷才把我从被子里放出来。那天夜里，爷爷坐在炕上，手里握着三个铜钱，摇几下，抛在褥子上，一一摸过，然后再摇，再摸。第二天，天还没亮，爷爷领我出了门，回来的时候，我是爷爷口中的路上捡来的孩子。

爷爷眼里那束光，在我的脸上停留片刻后，疲惫地收了回去。他脖子上的脉搏，在灯光下一下一下地跳动着。我喊他，他的眼皮就微微颤动一下。我知道爷爷的心还醒着，他在用心感知着这个世界，感知着我的存在。

炕梢坐着三个上了些年纪的妇人，每人怀里抱着一团白布，忙着给爷爷的晚人缝孝。爷爷的晚人不多，除了两个远房侄子，就是我和父亲。关于我和父亲给不给爷爷戴孝，爷爷侄子征求过我们的意见，我和父亲几乎同时用军人的果断说，当然戴。

没人说一句多余的话，大家都在等待着一个时刻的到来。

就在这种近乎残忍的等待中，我隐隐地听到了徒河流动的声音，哗啦，哗啦……隐忍而强烈。我附在爷爷耳边，激动地说，爷爷，我听到徒河的流水声了。爷爷把眼睁开，眼光再次明亮起来，他似乎也听到了，脸上肌肉颤动，嘴唇翕动。

就在这时，那个褡裢发出一声沉闷的断裂声，从墙上掉了下来。再看爷爷，脸上挂着微笑和眼角的两滴泪，走了。

悠扬的唢呐声，填满了原有的空寂。我的心却越发地空落。

横跨山水回来，爷爷去了，徒河也不在了，此时徒河流淌的地方是一片玉米。我被告知，在几年前的一场罕见的山洪中，徒河撒野，践踏了沿岸的十八个村庄，它被迫离开原来流域，迁至卧佛山北边。遥遥可见的卧佛山，并不高大，却像一道黑色的屏障，把徒河挡得严严实实。

那个黄昏以后，父亲杳无音信。我渐渐地忘记了一些事，跟爷爷亲近了起来。

爷爷每天穿上一件洗得发白的灰色长袍，肩着褡裢，左手领着我，右手拿着一根竹竿，沿着徒河边那条路，走过一个又一个村庄。

走进村庄后，爷爷从褡裢里掏出一块竹板和一截竹竿，有节奏地敲着，清脆的声音便在街面上响起来，就有人推开门招呼爷爷。他们叫爷爷先生。爷爷低头对我挤一下眼，意思是说，咱有生意做了。生意好的时候，我能吃到一个糖人儿，或者一个棉花糖。

我八岁那年，爷爷把我送到徒河对岸的学堂里读书。爷爷每天划着一只小划子（很小的船）接我上下学。小划子横向划开徒河水，拖着一条白花花的浪花，直至对岸。第二年，学堂变成了村小学，也修了桥。别人家的孩子都是自己上下学，唯独爷爷还每天接送我。

我上小学四年级的一天，爷爷领着一个穿着军装的人，到学校来接我放学。爷爷说那人是我爹。那是个陌生的男人。爷爷又给我讲那天傍晚的事。

我要跟父亲走了，父亲执意要爷爷跟我们一起走。爷爷说他把我完好无缺地交给父亲就完事了，他不会离开徒河的。我也舍不得徒河，有相当长的一段时间，我不能适应没有爷爷和徒河流水声的日子。

夜向深处滑去，人们歇了，唢呐声也歇了。我来到后院，来到那些玉米面前。我蹲下来，伸出手去，像少年时撩拨徒河水那样，触到的却是生硬的玉米叶子。

我站了很久，直至东方出现一抹鱼肚白，再露出晨曦来。此时无风，荒野静谧，我望着卧佛山，努力捕捉着昨天夜里听到的流水声，却只有玉米叶子在风中发出的沙沙声。

我脚下踩着的还是那条路，只是比原来平坦了许多。我好像看见一个失明的老人，穿着一件洗得发白的灰色长袍，肩着褡裢，左手领着一个中共地下党员面临危境时留下的年幼的孩子，右手拿着一根竹竿，一下一下地点着坑坑洼洼的路面，向徒河边走去，且渐行渐远，直至消失在我的视线里。

时光窃贼

迂夫子

　　我一直自诩是这个世界上最高明的贼，但自从遇到时光窃贼之后，我才知道我那所谓高明的偷窃技术，跟他比起来简直是小巫见大巫。

　　那是一个骄阳似火的午后，我斜倚在广场栏杆上，装作若无其事地在人群里搜寻目标。我穿着一身笔挺的名牌西装，价格不菲。干我们这一行，有一身好行头很重要，当然如果再有一张帅气迷人的脸蛋儿就更好了，幸运的是这两样我都有，所以我才如此自命不凡。

　　突然肩膀被人拍了一下，我愕然回首发现是一个比我还英俊帅气的小伙儿，正微笑地看着我。确信他不是便衣警察后，我略略放下了心，看他一身打扮很时髦，分明是哪个富家公子自投罗网来了，我甚至开始掂量着从哪儿下手。

　　年轻人说道："不要枉费心机了，我的财富你偷不走。"我一惊，转身要逃。他拽住了我的胳膊，"我跟你一样，也是贼！"我惊讶于他竟然把"贼"字吐得如此清晰，要知道干我们这行的最忌讳这个字。世上没有哪个贼肯直呼自己为贼，眼前这个却是例外——当然，如果他能用他那保养得相当好的手指从目标的兜里夹出钱包，以此证明他真是一个贼的话。

　　"我不偷任何看得见的东西。"他仿佛看穿了我的心思。

　　我张大了嘴巴半天合不拢："那，那你偷什么？"

　　"时光，我只偷时光，请叫我'时光窃贼'好了。"他自信地说道。

　　我摇摇头，觉得他在跟我开玩笑。我可不想浪费这个美好的下午时光，跟一个所谓的"时光窃贼"扯闲篇儿，我已经开始把眼神游移到附近一个大腹便便的看似很有钱的男人身上了。

　　"难道你不好奇我是怎么偷时光的？"实话实说，他的话一下子搔到了我的痒处，没等我说话，时光窃贼就滔滔不绝地说起来。

"就在昨晚，我偷了一个十四岁少年的青春年华。十四岁正是叛逆期，这个时期的孩子是最佳的猎物。我只要倏地钻进他的体内，他就开始疯狂地打游戏、蹦迪、喝酒——做那些快速燃烧生命的事。他的时光倍速前进，一夜之间，他就成了一个头发花白的中年人。等我从容地钻出他的身体，往你这儿溜达的时候，我的耳边还始终回响着那个少年——不，那个中年人看到镜中的自己后发出的狼嚎一般的哭声。"

"唉，世间最宝贵的是得不到和已失去，不是吗？"年轻人弹了弹笔挺的西装领子说，"每得手一次，我就会变得年轻一岁……"我惊疑地看到，昏暗的路灯下，他的领口弹出的灰尘像萤火虫一样飞舞。

时光窃贼看我有些半信半疑，接着说道："好吧，再跟你分享一次我的胜利果实。就在上周，我四处游荡寻找猎物时，遇到一个离家出走的少女。少女厌倦了父母的嘘寒问暖和每天繁重的学习生活，她要去寻找诗与远方，我当然很乐于和她一路同行。我陪她在外面放纵了七天，就在少女决定要回家看看时，我果断地离开了她。你能想象得到，当敲响斑驳的油漆大门，认出风烛残年的老人竟然是父母，而自己早已人过中年时，她爆发出的哭声，该是多么惊天动地。这多少会让我有些羞愧，毕竟是我偷走了她的青春……所以，我得早点离开她。"

我已经有些相信眼前的这个年轻人了，他现在看上去似乎比我看他第一眼时更年轻英俊了。

时光窃贼微微一笑："我该走了，去人多的地方转转，没准儿会遇到更好的猎物，再见！"说完他转身大踏步地走了。看他头也不回地消失在东方晨曦里，我若有所思地呆立着……等等，怎么是晨曦？刚才还是骄阳似火，我只和那个时光窃贼说了一会儿话，竟然……我惊恐地四处寻找镜子或者玻璃等任何能照得见容颜的东西。

这时，一个男人和一个小男孩经过我的身边。我的耳边清晰地传来父子对话。

"爸爸，那个老爷爷太可怜了，我们给他一点钱吧？"

"好孩子，给你，把这枚硬币给他吧！"

我望望四周，没有看到城市流浪汉。小男孩却径直朝我走来，我不由得毛骨悚然，同时发觉身上原本笔挺的西装竟然变成了一件肮脏得看不出本色的破烂货，而我的胡子竟然有一尺多长……

　　我没有接住小男孩递过来的硬币，也难怪，我原本矫健的身手已经不复存在了。那枚硬币"当啷"一声掉在地上，滴溜溜打着转，它像一只陀螺快速地旋转着……旋转着，仿佛要转上一个世纪似的。

她也曾是美丽的姑娘

张洪霞

声嘶力竭的蝉鸣，伴着一股股热浪，顺着半开的窗户涌了进来。

站在充溢消毒水味道的抢救室里，看着身上插满管子、胸部随着呼吸机起伏的她，我的泪兀自流下。

走廊往右拐的一间办公室里，医生正在跟我的家人分析她的病情。

我没有去听，此时此刻，我只想静静地陪着她。吊瓶里的液体还在往她的体内流淌，卡在床边的尿袋，要时不时地拧开，把里面的液体倒掉。

家人陆续从医生办公室出来，从他们脸上的表情和随后而至的护士快速又熟练地撤掉她身上的各种管子和夹子的动作中，我知道了答案。

家人开始忙她的后事。

我用温热的水沾湿毛巾，轻轻擦拭她冰凉但还没有完全僵硬的身体。

她是那么爱干净的一个人。记得第一次走进她的家，我惊呆了，那么大的两居室，居然到处都闪着光，那种干净程度让我无所适从，我回过头，看向身后的男友。

男友瞬间明白了我的拘谨，他搂过我，在我耳边悄悄地说："不要怕，我妈只是爱干净，没有洁癖。"说完，他对着厨房喊："妈，伊伊来了。"

厨房里，弯腰驼背的她，停下手里活儿，在水龙头下把手洗了又洗，冲了又冲，然后才一瘸一拐地走了出来。

她戴着口罩，露在外面的两只眼睛被周围落满疤痕的皮肤抽紧，斜斜地上吊着……

男友不止一次地对我说过，他母亲年轻的时候，在一次火灾中为救几名学生受了很严重的伤。尽管我做了思想准备，但她的样子还是让我大吃一惊。

我不敢想象，她摘掉口罩会是什么样子。

那样的一双眼睛里，却充满了笑意。她亲热地向我伸出手，但随即又收了回去，那双满是疤痕的手，微微颤抖着，在围裙上来回摩擦。

那天，全家人坐在一起吃饭，唯独她没有上桌，总是在厨房里忙这忙那，一会说有汤要做，一会说还要加个菜，嘴里还不停地招呼男友，说给伊伊夹菜，让伊伊多吃点。

我几次想起身去厨房请她上桌，但都被男友制止了。他小声说："我妈会不自在的。"听他这样一说，我只好作罢。

临出门时，我伸出手，想去拉她的手，但她巧妙地躲开了，她把手藏在围裙里，就像她的脸藏在口罩下一样。

原本我和男友商量好了，结婚后，要跟他父母一起生活。她知道后极力反对，坚持让我们单独另过。

我知道她坚持的原因。

一天傍晚，我替加班的男友回家取东西。敲门后，屋里传来她的声音："怎么又忘记带钥匙了。"她把我当成了下楼遛弯的男友父亲。

话音未落，门已打开，屋里没有开灯，借着正在播放的电视机里忽明忽暗的光，我第一次看到了她的脸……

刹那间，一种不由自主的恐惧感让我心跳加速，我强装镇定，轻轻地喊了声："阿姨，是我。"然后亲昵地上前，伸出手，想去握住她那茫然无措、无处躲藏的手。

就在我的手刚刚触碰到她的手的瞬间，她就像沉睡的人猛然惊醒了一样，慌忙用手捂住脸，转身往屋里走去。

站在原地，我呆怔了好一会儿。出门后，我哭了，为刚才自己那不争气的恐惧，但更多的是心疼她。尽管后来很多次，我向她婉转地表达了在我面前，她不用戴口罩，我能接受和面对她的脸。可是，她很执拗，在我面前，始终没有摘下过口罩。

转眼间，儿子出生了。她抱着孩子，眼睛里透着喜悦。一遍又一遍地跟我和爱人保证，说你们好好上班，我会好好把孩子带大的。

爱人说："妈，还是摘下口罩吧，让孩子从小熟悉您的脸，他长大后，对您才没有陌生感。"

她抬起头，看向我，眼睛里分明带有疑问：我真的可以摘掉口罩吗？

我微笑地点头。那一刻，她眼里含泪。

后来，她在家里哄孩子，不再刻意戴上口罩，但每次外出，她还是会戴上，她怕别人异样的眼光，更怕吓到别人家的孩子。

孩子上幼儿园后，她都让孩子爷爷去接送，她说孩子小，也有自尊心，她怕孩子会受到小朋友们的嘲笑。

如今，她就这样无声无息地躺在这间抢救室里，她的右耳边还挂着口罩。我眼前仿佛出现了这样一幅画面：她精心地打扮自己，穿上最好看的衣服，又习惯性地戴上口罩，然后满心欢喜地走出家门，去接第一天上学的孙子放学，这是她和孩子约好的……

轻轻擦拭她满是疤痕却无比安详的脸，我在心里一遍遍地问自己，她真的就这样走了吗？

从此，世上再也没有能满怀爱意地和我谈论同一个男人的女人了，再也没有人告诉我这个男人小时候的点点滴滴了……

在殡仪馆，我为她捧了骨灰，旁边的人提醒，说戴上手套，我把手套放在一边。我知道，这温热，是我和她最后的亲近。

整理她的遗物时，七岁的儿子不知道从哪儿掏出一张照片，拿给我看。

照片上，一个穿紧身衣的女孩在跳舞，她青春的笑脸上洋溢着明媚的笑，长长的手臂扬起，细手纤纤。

这是谁？我问得有点漫不经心。

是我奶。孩子说。

一阵惊诧，我重新拾起已经放下的照片，细细地端详。

原来，她曾经也是个美丽的姑娘。

我的手指在照片上轻轻抚过，慢慢地，停在了那双光洁的手上。

我望向窗外，任泪水在脸上肆意流淌。

水中的月亮

王兴海

现在农民种庄稼省事多了。收了玉米，用圆盘耙把地一搅就耩上麦子，麦子熟了收割机一收就变成钱了。紧接着，玉米又种上了。耩玉米的耧隔几公分落一个种子，长出来的苗均均匀匀，连人工均苗也用不着。长出来的麦子、玉米，也就是上一遍肥、打两回药，风调雨顺的年份连水都不用浇。头些年可不行，割了麦子，得往场院里运、得铡麦根、得摊晒、得轧、得扬……种上玉米得除麦茬儿、除草、间苗、耘、浇、上肥、灭虫，熟了得砍、掰、扒皮、刨根子、耕、耙、耩……不知道得多少道工序。

那年我跟新婚不久的妻子玉雪给玉米上肥料——

临出门时，玉雪换下她那方格的褂子和干净的布鞋，对我说："你也换件旧衣服！"

玉米已经比人高了，青青的，像树林子一样。我拿一把小镢头，玉雪拿一个花脸盆盛上白色的化肥。我在玉米棵下刨一个坑儿，玉雪就放进一捧化肥，然后用脚把土埋上。

"草也有一些，顺便除除草吧。"玉雪说。

"那样上化肥可就慢啦。"我说。

"慢就慢吧，今天干不完明天再干。"玉雪说。

我们就边说边干。

玉米地里闷得很，风吹不进去，感觉气也喘不出来，"哗哗"响的玉米叶子一会儿割着你的胳膊，一会儿割着你的脸，甚至割着你的眼。有时候叶子擦着叶子，发出"嗤嗤"的声音，听了就感觉嘴里进了沙子。

"怎么还没到地头呀？"玉雪说。她盼着赶紧到地头凉快凉快。

一会儿她又说："快到地头了吧？"

我说："马上，马上。"

终于到地头了，我和玉雪都用自己的褂子擦掉脸上的汗，深深地舒了一口气。

我问玉雪："你说哪里最凉快？"

她好像连思索都不用，就说："地头上。"

我跟作诗一样对她说："当你处在一种闷热的环境里时，吹来一点点儿凉风，都会觉得浑身舒坦！"

凉快了一阵儿，我们又钻进玉米地，盼望到下一个地头。

太阳渐渐变红变大，就要落下去了。

"还干吗？"我征求玉雪的意见。

"还有一趟，干完算了！"玉雪说。

"那就赶紧！"

我们又钻进玉米地，加快了速度。

终于上完了这块地，我俩赶紧收拾东西回家。

庄边上有一条小河儿，水总是清清的，从地里干活的人们经过时都喜欢走到河边洗洗手、洗洗脸、洗洗在脖子上搭着的汗毛巾，清清爽爽地回家。

我和玉雪下工算晚的，走到河边已经看不到什么人了。我什么也不脱就跳到河里，玉雪就蹲在河边洗手洗脸。

一会儿我站在水里把褂子脱掉，边洗着褂子边对她说："你也下来洗洗吧！"

她往周围看了好久，看不到人影，就把衣服脱掉溜进水里。她不会水，抓着我的手还不行，非要抱着我的胳膊不可。她感觉抱牢了我，就把头猛一下扎到水里，在月光下我看到一片长头发漂在水面上。她从水里钻出来，"噗"一下喷出一些水，喷到我的脸上。我把遮住她脸的长发撩到后边，显出她一张美丽朦胧的脸。不知脚下怎么突然滑了一下，她"哎哟"一声抱住了我，把脸贴到我的胸膛上。我说，"不怕不怕，有我你怕啥！"她一动不动。我又说，"我们上去回家吧。"她仍然一动不动，就这样一直到水纹散尽，水里面露出了一个弯弯的月亮。

一则特殊的"寻人启事"

孙庆丰

1980 年夏季的某一天，美国《纽约时报》刊登了这样一则"寻人启事"：本人威尔逊，是一名二战幸存老兵，准备编撰一部《二战回忆录》，希望健在的二战老兵能够尽快与我联系，您所提供的回忆文章，不论最后能否入选，完稿后均按每个单词一美元支付稿酬。

就在"寻人启事"刊出的第二天，威尔逊先生所在的公司前就挤满了人，有人拄着拐杖，有人坐着轮椅，有人被家人搀扶着，有人甚至躺在担架上，总之，多数都是负过伤或正生着病，已经步入风烛残年的二战老兵。威尔逊先生站在人群前，先是向所有人深深地鞠了一躬，继而挨个儿和老兵们握手、拥抱，许多人的眼中都闪着泪花，更多的人已经泪流不止。

威尔逊先生哽咽地说："亲爱的战友们，请原谅我到现在才寻找你们，这些年你们受苦了。关于稿件，我已经专门安排了工作人员整理，你们只需口述就可以。"

这时，人群中一位叫怀特的老兵拄着拐杖走了过来，他用另一只手握着威尔逊的手说："亲爱的威尔逊先生，如果您不编撰这部回忆录，恐怕我们这辈子都没有相见的机会了，我代表大家感谢您，给我们的生命留住了荣光，也为我们的生活提供了帮助。"威尔逊说："很惭愧，我只是做了自己该做的事。"

在工作人员的指引下，老兵们开始被安排到不同的房间，每个房间都配有办公桌、沙发、床和电视等，当然还有各种口味的咖啡、牛奶等饮料，每一位老兵都有专人帮他们整理文字，还要负责他们的生活起居。威尔逊先生每天的工作除了接待新来的老兵，就是到已经入住的老兵们的房间里看看，这让老兵马丁感觉有些奇怪。有一天马丁就问威尔逊："我因为参军晚，回忆录只用了三天就整理完了，可我在您这里已经住了一个月，您怎么还不让我回家？关键是，比起回忆录，您好像更关心我们的生活起居，您准备什么时候审核我的回忆录呢？"

威尔逊一听，摊开双手，耸耸肩说："别急，亲爱的马丁先生，有一件事我必须告诉您，您在入住后体检时查出了患有严重的白内障，如果不尽快做手术就会失明。医生的建议是，通过这段时间的观察，您明天就可以做手术了。现在，我想征求一下您本人的意见。"

马丁知道自己的视力出了问题，两个月前看东西就出现了模糊，于是有些难为情地说："威尔逊先生，说实话，我现在生存都很困难，哪有钱去做手术？如果不是为了给我的爱人治病，我可能都不会来您这里。所以，给我稿酬，让我回家吧。"

威尔逊说："您的稿酬足以支付您的医疗费，剩下的稿酬我已经派人给您爱人送去了，她现在正在医院里接受治疗，身体恢复得很好。"

马丁听到威尔逊这么说，泪水瞬间就涌了出来："我最最亲爱的威尔逊先生，说实话，您的做法真让我不理解，作为一名继承了庞大产业的商业大亨，您现在已经很成功了，为什么要在乎我们这些老兵的死活呢？那天和您聊天时，您说的参加过的那场战斗，其实我是唯一的幸存者，我当时就知道您在说谎了，尤其是您对当时军队的建制都不懂，可见您根本就没有参过军。"

威尔逊一时不知该说什么，这时怀特拄着拐杖走了进来："威尔逊先生没有参过军，其实我们都已经知道了，一开始我也好奇，后来看他比起关心回忆录，更关心我们的健康和家庭生活，还要打着稿酬的名义派人把钱送到我们家里，我就已经明白了。去年4月的金融危机，不仅令我们这些健在的二战老兵退伍后的待遇得不到保障，甚至连家庭开支都已经入不敷出。威尔逊先生作为一名有爱心的企业家，既想在生活上帮助我们，还想维护我们作为军人的尊严，这才想出了以编撰回忆录支付我们稿酬为由，刊登了那则特殊的'寻人启事'。"

珠宝鉴定师

吴宝华

　　清朝乾隆年间，台州府城临海紫阳街中段有一间全城最大的珠宝铺，金银玉器琳琅满目，珠宝首饰璀璨夺目，开店者乃临海商贾世家金玉成，其祖上曾赴海外经商，挣下亿万家财。

　　珠宝玉器乃贵重之物，自古以来皆有不良匠人为贪财求利而制假、贩假，鱼目混珠，混淆视听，谋取暴利。为此，金老板花重金聘请珠宝鉴定师楚中玉坐镇珠宝铺，鉴宝定价，一锤定音。

　　楚中玉方届中年，玉面黑须，俊朗儒雅。其祖上经营古玩字画店，后来，传至他爷爷时，有一外地人拿一幅唐伯虎的花鸟画出售，他爷爷认为是真迹，遂花重金购下。

　　谁知他爷爷一辈子打雁，却被雁啄了眼睛：经京城著名鉴画师鉴定，此画为高仿赝品。楚中玉的爷爷一气之下，卧床不起，不久就撒手人寰。去世前，爷爷一再叮嘱楚中玉要博览群书，苦练鉴宝本领，不要重蹈他的覆辙。楚中玉牢记爷爷教诲，苦学苦练，终成公认的鉴宝师。

　　楚中玉家的祖传古玩书画店，因买那幅赝品画伤了元气，他父亲苦心经营十余年，毫无起色，最后不得不关门。

　　却说春日的一天上午，楚中玉在珠宝铺内品茗闲坐，忽见门外进来一个年轻人，楚中玉认得那是府城首富张大善人的公子张茂财，张茂财放下手中抱着的一只锦匣，向楚中玉拱了拱手说："楚大师，家父命在下来卖一柄家传玉如意，以便筹集一笔资金修缮府第。"

　　楚中玉笑道："既然是家传玉如意，想必价格不菲，让我看看，若是真品，自会给你一个好价格。"说罢，小心打开匣子，捧出玉如意仔细甄别。

这天，金玉成老板恰好也在店内，忍不住凑过来，说："张家财大业大，自然该是真品。"

楚中玉不语，认真甄别之后，摇头道："玉如意看似做工精美，古意盎然，却是杂玉拼接粘连而成，不值钱！"

金老板瞪大眼睛："此话怎讲？"

楚中玉指着玉如意顶部卷曲的云形纹路，说："您看这云形纹路，上下有细微色差，不细心看不出来，但肯定是拼接而成。"

张茂财见自己精心设计的伎俩被这么轻易识破，满面通红，忙接过玉如意，放回匣中，抱着匣灰溜溜地走了。

金老板竖起大拇指，说："火眼金睛，佩服！佩服！"

这年隆冬的一天，天寒地冻，冰天雪地，楚中玉坐在珠宝铺中，抱着火笼看书，忽见门开处，一中年人抱着一只匣子进来。

楚中玉认得来人是他读私塾时的同学申不群，忙站了起来。

申不群拱手道："老同学，我做生意需要资金周转，只好卖家传的翡翠项链。"

说着他小心地打开匣子，取出一条精美的翡翠项链，这项链又大又好看，显然价格不菲。

楚中玉忙接过来，仔细甄别，看了片刻，说："你做生意需要多少资金周转？"

申不群道："一百两银子。"

楚中玉沉吟片刻，说："我看这样吧，你不要卖翡翠项链，我借你一百两银子，希望你东山再起，不要辜负我的一片心意。"

申不群双眼湿润，连连点头，说："谢谢楚兄！谢谢楚兄！"

当下楚中玉领着申不群去钱庄取了银子，两人拱手而别。

冬去春来，时光飞逝，转眼五年过去了，楚中玉兢兢业业做珠宝鉴定工作，赚了不菲的酬金。

楚中玉看看手头有了足够的资金，遂向金玉成老板请辞，重新开古玩书画店。

夏日，楚中玉正在店中打理，忽见申不群兴冲冲地进店来，拱手道："楚兄别来无恙！"

楚中玉笑道："一别五年，申兄身丰体健，想必已走出困境！"

申不群笑道："多谢楚兄鼎力相助，我才有了今天，我是特来感谢的。"说罢，从怀中掏出两百两银子的银票，拱手奉给楚中玉。

楚中玉道："你弄错了，我借给你的是一百两银子。"

申不群道："感谢楚兄高义，想必楚兄当年就看出了我拿来的翡翠项链是赝品，楚兄不但没有揭穿我，还借我本钱，让我走出困境，这份情义，区区一百两银子如何酬谢得了啊?!"

楚中玉道："我知兄为人，当年一定是遇到了过不去的坎，否则也不会出此下策。我若昧良心说是真品，那是对金老板不忠，我若揭穿你，那是对朋友不义，不忠不义之事，楚某不屑为之，我唯有鼎力助你，才能破解困局，你果然不负我所望。"

言罢两人相视一笑，紧紧拥抱，一切尽在不言中。

我是不是你最爱的人

胡　炎

　　一场大醉。约好的，老何今日还钱。三万元，我们已经打了一个月的拉锯战。可老何向我倒了一肚子苦水，又向我倒了一肚子苦酒。老何说，对不住了，等我有了钱，一定还你。我没说话，跟跟跄跄没入了夜色里。

　　灯影迷离，长街寂寥。我在路边坐下，吐了一阵，抬头看月亮。月亮隐在薄云里，像一个谜。我不知该如何向彩霞交代。她快把我逼到绝路了。一切都怪我，盲目投资，半生积蓄血本无归。眼下，女儿面临高考，文化课基础太差，只好做艺术生。美术冲刺班、文化冲刺班，几万元费用，一天都等不得……可老何，让我最后的一线希望也破灭了。

　　夜已深，硬着头皮回家，空无一人。女儿住在奶奶家，可彩霞呢？她这样深夜不归，已经有一阵子了。

　　浑然一梦，很沉。梦见高三那年夏天，我们在河边的一片小树林里相依偎。她弹着吉他，一边流泪一边给我唱那首《我是不是你最爱的人》。她的嗓音很美，圆润清澈，赛过黄莺。从这个晚上开始，她将成为一个小小的啤酒工，而我将奔赴远方的城市，开启我的大学生活。

　　"你会变心吗？"

　　"不会，月亮做证！"

　　这个梦漫长而缠绵，几乎涵盖了我们爱情的全部。到了后来，我看不到她了。我只看到一个蹬着三轮的菜贩子，在大街小巷游荡，躲避城管时，就像一只仓皇的老鼠……

　　凌晨三点，我听到了沉重的鼾声。那是彩霞的。我不知道她何时归来，这样的鼾声粗鲁而丑陋，就像她从啤酒厂下岗，沦为了街头的菜贩。她的样子一天比一天邋遢，言语一天比一天粗俗……那个弹着吉他唱歌的女孩儿，再也找不到了。

五点钟，她把我叫醒了。

"钱要回来了吗？"

"哦……就这几天吧。"

"你还好意思睡，今天要是再拿不到钱，你就别回来了！"

她的声音冷硬而尖厉，就像她用来削皮切菜的刀。我忍着，既然是我惹的祸，我无力辩驳。这样的忍耐已经持续几年了。

"昨夜怎么回来那么晚？"我竭力赔着笑。

"老娘的事，你少管！"

她走了。我知道她又要蹬着那辆破三轮，去郊区的菜农那里收菜。她不容易，真的不容易，这是我忍耐的理由。还有一个更重要的理由，是当年和她结婚前，母亲说给我的那句话："等着瞧，有你后悔的时候！"

那句话，母亲是冷笑着说的。在此之前，她苦口婆心地劝过我无数次，都以失败告终。现在看来，我太天真了，把爱情描绘成了童话。因为母亲这句话，我一直硬撑着。而此时，我再也撑不下去了。我不想和一个菜贩子就这么生活一辈子，那太痛苦了。况且，我的生活中，已经有了另一个追求我的女人。

走出家门时，酒意尚存，头昏昏的，但我很清楚，我要去见马总。这个把金链子日日挂在身上的暴发户，几次邀请我为他写一部报告文学，均被我拒绝。尽管我只是一介寒儒，但我瞧不起这种人。我有尊严和人格。可如今，虎落平阳，我再无其他选择。

很顺利，未着一字，我拿到了五万元定金。暮色降临时，我在城市里像野鬼一样游荡。有一刻，我想抱着路灯杆跳舞，管别人说什么。后来，我又想狂奔，把黑夜跑丢，让它永远追不上我。但我还是忍住了，我在意自己的形象。最后，我走进街心花园，坐在休闲长椅上，拿手机拍月亮。月亮躲在云中，只露出一团朦胧的光晕。我跟自己打赌，月亮一定能钻出来。十点来钟，我赌赢了。月悬碧穹，很圆，很亮。但我不想回家，我需要酩酊大醉一场。然后，我会把银行卡交给彩霞，平静地向她摊牌：我们离婚吧。

我去了城郊最大的夜市，拣一个稍僻静的角落，要了十瓶啤酒。喝到第五瓶的时候，我听到了一个女人的歌声。不知为何，我感到这歌声异常亲切。后来，歌声渐渐向我靠近，我看到一个女人，打了腮红，涂了蓝色眼影，玫红的唇彩似乎过于浓艳。她站在一桌客人旁边，熟练地弹着吉他，唱得极是投入。有人开始喝彩，打响亮的呼哨，也有人一边付钱，一边下流地调笑。女人似乎对这些浑然不觉，只沉醉在她的歌声里。我定定地看着她，无法分辨她的年龄和真容，但是那首《我是不是你最爱的人》，却像一脉深秋的幽泉，慢慢地淌进了我的心底……

我站起来，走近她，在她唱完最后一个音符的时候，把她轻轻地抱住了。这一刻，我在流泪。

我说："彩霞，咱们回家。"

口 令

王 萍

老王靠在沙发上，眼珠子一动不动，目光钉在墙上。

墙上，有一张黑白照片，两个人。男子目光坚定，笔直地站着。他的身侧，依偎着一个面貌清秀的女子。

"整天不知道看什么，傻子似的。"老冯喊。

老王面无表情，缓缓地拉回目光。他把胳膊抱在胸前，蜷缩着身体，像一只无精打采的老猫。

老王一个多月没有下楼了。每天，他吃完了睡，睡完了吃，从房间到客厅，从客厅到厨房，很少言语。

傍晚的太阳收敛起刺眼的光，老王瘫坐在沙发上，几近秃顶的脑袋上，两缕花白的头发格外耀眼。

"苍茫的天涯是我的爱，绵绵的青山脚下花正开……"楼下传来凤凰传奇的歌声，老王愣了一下，闭上了眼，顺势转动了一下上身，换了一个姿势。

"天天在屋里，也不下楼溜达溜达？"老冯说。

"不去。"

"你整天坐着，再坐都得坐死了。"

"死不了。"

"听说舞蹈队又学新舞了，还有个小孩领舞呢，你不去看看？"

"不看。"

老王刚退休时，可不是这样。那会儿楼下小区广场的舞曲一响，他的心就飞出了窗外，不等嘴里饭嚼完，就火急火燎地穿上鞋，三步并作两步"噔噔"地下楼去了。退休前，老王是宣传股的干事，拉二胡、唱歌、作诗、画画，样样在行，还写得一手好字。单位、街道出黑板报，开联欢会都有他活跃的身影。退休后，他第一时间就加入了小区的广场舞队。他个子不高，身材粗胖，舞姿却出奇的好，又能张罗，被推为小队长，走在第一排，威风着呢。

一天早上，老王晕倒在路边，被送进了医院。从医院出来后，身体变沉了，抬不起来腿脚；目光也沉了，连睁开眼的力气也似乎没了。

"没想到，你是个戾包！"老冯给了老王一个背影。

"我不是！"老王吼道。

"你真给他丢脸！"老冯指着墙上的照片，撇了撇嘴说。

老冯的话，带着一丝凉意，像石头一样，落在老王的心里。老王的身体微微颤动了一下，抓着沙发的指关节隐隐泛白。

年轻时，小冯和小王住在一个胡同，一个东头，一个西头。小冯家兄弟姐妹十个，就靠父亲一个人的工资过活，桌上摆的就是玉米面粥、玉米面饼，即使这样，那也有吃不饱的时候。

小冯瞧不上个子矮的小王，尽管小王无数次地向小冯示好，小冯仍然不理不睬，高傲得像只白天鹅。不过小王家的条件好，逢年过节能吃上肉。小冯一家只能围坐在桌子旁，看着桌上的咸菜、玉米面饼，闻着隔壁传来的阵阵肉味咽着唾沫。小王有时偷偷给小冯送来一碗肉，小冯用眼角瞄了一下，依旧挺着脖子，冷冷地转身离去。

小王当兵以后，一身笔挺的军装增添了英武之气，小冯看他的目光不禁柔软起来。

三年后，小王娶了小冯。小冯脸上笑着，嘴上却犟："也就是他缠着我，要不谁会和他这个小个子结婚？"

窗外的音乐并不遥远，有时是悠扬的歌声，有时是欢快的舞曲，随风飘到老冯的耳朵里。

老冯搬来一把椅子，站上去，拉出衣柜上一个沾满了灰的皮箱。

打开箱子，似乎有一股陈旧的味道飘散出来。

老冯掏出一套衣服，放在腿上，用指尖轻轻地抚摸着，她一动也不动，好像被拉到很远的思绪里，连老王喊了她几嗓子也没有听见。

"你把它拿出来干啥？"老王看到那身衣服，眼睛闪过一道光，声音大了些，旋即又黯淡下来。

“不干啥!”

“不干啥是干啥?”

“啥也不干!”

“给我!”

“你配吗?!”说完,老冯"吧嗒"一下合上箱子,似乎把什么东西也锁在了箱子里。

箱子合上的那一刻,老王的目光没来得及抽回来,被夹疼了,老冯的身体颤抖着,嘴唇也跟着哆嗦一下。

夕阳转过身,屋里渐渐暗下来,只有两个影子雕塑般地坐着,久久没有动一下。

天刚蒙蒙亮,老冯习惯性地一摸身边,"噌"的一下坐起来。

老王不见了!

放在桌上的皮箱被打开,那身衣服也消失不见了。

老冯心头一紧,赶紧穿上衣服,慌慌地跑了出去。

找到广场的时候,老冯张大了嘴,眼睛里不由得潮湿了。

晨光熹微中,老王穿着一身有些发白的军装,两只脚在地上蹭着,偶尔费劲地抬一下腿,双手并不协调地在身体两侧摆动着,嘴里喊着"一、一、一二一……"

“注意姿势!挺胸、抬头!”老冯走上前,大声喊道。

老王露出复杂的微笑。

“听口令,齐步走!”老冯伴在老王的身旁,侧头望着老王。

清晨的阳光荡漾着金色,勾勒出老王的侧影,一如年轻时的小王。

买卖时间的人

墨 白

海德里克斜挎着破皮包，手里摇着那个泛着黑色光芒的铃铛，来到小镇上时，铃铛发出的清脆悦耳的声音好像有魔力一般，穿透小镇的角角落落。要不了多一会儿，小镇上的人就会将他围得水泄不通。

"嗨！海德里克先生，您好久没来了。"一个锅盖头的小男孩率先跑到他面前，兴奋地喊着。

"嗨！你这个家伙，是想让我们无聊死吗?"铁匠库尔勒在用强壮有力的胳膊把一根香烟塞到嘴里前，粗鲁地说了一句。

"尊敬的大人们，我很想念你们。可我那些黑色的猪、卷毛的羊整天叫唤，我都烦透了。"海德里克摘下头顶的帽子，塞进破皮包。

"海德里克，你那些黑色的猪、卷毛的羊怎么样?"圣玛利亚教堂的牧师问。

"它们? 嘿嘿!"海德里克得意地笑起来，"那黑色的皮毛简直是一块黑色的绸缎，卷毛塞满了我整个库房。"

"那么这次的价钱是不是可以提那么一提呢?"检察官大人说。

"哦！尊敬的大人们，你们不知道我加了多少甜蜜素它们才肯下咽。这浪费了我多少时间、金钱、精力。"

海德里克挤眉弄眼的样子，引得人们哄堂大笑。

"来吧！小伙子，把我这无聊透顶的时间拿走，去喂你那些黑色的猪、卷毛的羊吧。"老剃头匠响亮的声音从人群后传过来，他挤过人群，走到海德里克跟前，身上散发着浓烈的劣质香皂味。

"那么，没有什么新鲜事吗?"海德里克问。

"新鲜事倒是没有，即便有那么一两件也没什么好说的。"养蜂人不屑地说。

"那么这段时间，你们的日常生活怎么度过？"海德里克问。

"就那个半新不旧的法子，用一根绳子把全镇都串起来，每家每户门前挂一个铃铛，谁得空就摇上一摇。"铁匠嗤了一声。

"原来摇一摇铃铛，还能听到大部分人家的铃铛响应。叮叮当当的响声，也着实让我们开怀了几天。"检察官苦笑着说，"后来，铃铛都懒得摇了。"

"是啊！比这新鲜的事也不多。"人们附和着。

"你来之前，我还摇了一下铃铛，只听到几个铃铛的回应。"

海德里克无奈地摇摇头。

"排好队，排好队！"海德里克大声喊叫着。围着他的人群迅速有秩序地排起了长龙。排在前面的，还有人朝队伍后面跑去。哪里等不是等，时间长一些，还能多换些钞票。

海德里克熟练地把一块芯片贴在老剃头匠的头上，瞬间一段泛着黑色光芒的时间被收进了身旁一台大型电脑的机器里。海德里克鼠标一点，原本显示在屏幕上泛着黑光的频谱，全部被删除干净，只剩下一条淡灰色的线条。海德里克将这些灰色线条压缩打包，装进了一个巨大的玻璃罐子里。

"呐，三十卢布。"海德里克从钱包里拿出钱，递到老剃头匠面前。

"三十卢布？上次还是五十卢布！"

老剃头匠和周围的人哗然。

"真是不把我们的时间当钱啊！"油漆匠妇人尖声叫嚷着。

"还有什么比这时间更不值当的东西吗？"守墓人愤愤不平。

"接下来，该是你那黑色的猪、卷毛的羊免费饱餐的时刻了吧！"出租车司机咆哮着。

"甜蜜素！甜蜜素！尊敬的大人们，你们想想，虽然我已经做过处理，但是这些时间仍旧奇臭无比，让人，哦，不！让我那黑色的猪、卷毛的羊恶心。你们知道甜蜜素现在的价格像飞机起飞一样飙升，我可赚不了几个钱呢。"海德里克赔着笑脸，可怜巴巴地说着，仿佛担心人们下一秒就要退货似的。

"你说涨价就涨价。坟墓里的鬼魂都被你牵着走了！"嚷得最响亮的是厨师。

"不卖了！不卖了！"

吵嚷声越来越大，却没有人离开。

海德里克脸上的笑容像潮水一样渐渐退去。

"要不，你们再等等？再问问别的收时间的人？"海德里克挺直腰板，严肃地说，"不过，时间越长，你们的时间可就越来越臭，越来越不值钱了。"海德里克接着说。

人们小声议论起来，嘈嘈杂杂，听不清楚。海德里克倚在车门上，抽出一支雪茄点燃，吞云吐雾。他故作镇定地等待着。

一小时后，铁匠走到海德里克面前。

"来吧！伙计！继续！"

海德里克扔掉雪茄，嘴角咧开一个讨好的笑。

海德里克不停催促着人们。他可不能再在这里浪费太多时间，因为他闻到了从他们身上散发出的恶臭味。对，没错，时间的恶臭味。

依　靠

张志明

那天是小雪，天已经很冷了，傍晌午时，水英去萝卜窨里拿白菜，发现边上箩头里搁的萝卜少了一个。当时她没在意，以为是哪个孩子一时饿了或口渴吃了。可过了一天，中午，水英准备炒萝卜丝吃捞面条，去萝卜窨拿萝卜，箩头里的萝卜又少了一个。

水英搁到箩头里的萝卜都是有数的，晌午吃饭时她问了一溜，男人、闺女、儿子，谁都说没吃。

萝卜窨的口是拿乱稻草捆塞的，好好的，好像没人动过。后来水英以为谁家小兔钻进去吃了，再想想不对，小兔跳下去了上不来。水英疑心着，就把萝卜窨圆圈儿的白菜、萝卜、蔓菁、红薯都挪开，找了一圈儿也没发现有小兔挖了洞。

水英还是没太当回事，以为可能是老鼠啥的偷的。人都缺吃的，老鼠、猫、狗啥的更缺吃。

没想到过了几天，水英又下萝卜窨，搁萝卜的箩头里居然放着半个白蒸馍、两块带肉的小骨头。

看着两块骨头，开始水英想难道是狗藏起来的食物？可是，狗成了精，出来进去还知道把窨口堵好？

满心疑惑的水英把白馍和骨头拿了出来，左看右看，闻了又闻，感觉像是庄上红白事上的吃食。

晌午做饭时，水英把两块骨头放到菜里一起熬了，半个白馍掰开让闺女、儿子分吃了。男人这才说，前几天他晚上串门回来，碰见一个男孩在门口跐蹴着，他当时喊了一声，那小孩说话抖抖索索的，一溜烟儿往东跑了。他还朝着小孩的背影骂："再敢来俺这儿瞎转，腿给你打折！"

更奇怪的事还在后头，有天早上水英开了门，门旁堆了两箩头红土，放在西边桃树下的两个箩头里有星星点点新鲜的湿土。男人那两天不在家，跟着队里的几个人挑着大米去山西换粮食了。烧煤火的煤里要掺了红土，用水拌了才能用，每次红土用完了，都是水英推个小车，跑到胡家桥北地推回家的。

水英疑心了一早上，吃了饭一个人坐在煤火上发呆，这时嫁到冀庄的小姑进了门。婆婆去串门了，姑嫂两人一人一头坐在煤火上说话，水英跟小姑说了最近这几样蹊跷事。小姑听了，也说起近段有个十二三岁的要饭小孩在冀庄附近的几个村来回转悠，可瘦，西边口音，好多人起早碰见过，那小孩夜里就睡在稻草窝里。

两人正说着话，婆婆回来了，小姑跳下煤火，去了娘的西屋。

刚开始，婆婆和小姑说话声音很大，不一会儿，西屋那娘俩说话声音越来越小，越来越小，最后变成了嘀嘀咕咕。

听着西屋婆婆和小姑明显是防着她的咕咕哝哝声，水英一愣怔，心里突然咯噔了一下。

水英是离过婚嫁到胡家桥来的，上一家就是县西的，那边的男人老是打她，打起来下手没轻没重，有两回差点要了水英的命。十几年前，水英离了婚，把一个男孩丢那边了，今年正好十二。

当初嫁过来时，跟这边有过协议，以后不再跟那边有来往，更不能暗中贴补那边的孩子。

那天夜里刮着北风，暗灰色的天空像覆了一层厚厚的冰凌，低低地扣在地上，星星、月亮都被盖住了。男人还没有从山西返回，水英跟儿子、闺女睡在堂屋，婆婆一个人睡在两间西屋里。天冷得把屋里屋外的东西都冻得咯嘣咯嘣响，婆婆用一个破铁锅盛了满满的玉米芯在床前烘火。耳背的婆婆睡着后，一锅火里蹦出来两个火星，引着了床边椅子上的衣裳。

西屋窗户上亮起忽忽闪闪的红光时，一个小孩从门外冲进了院里，惊慌中那小孩突然喊了妈："妈，妈，快起快起，奶奶屋里着火了!"

小孩拿起院里的瓦盆，就去臼缸里的水，把缸里的薄冰撞得一阵丁咚乱响，然后端着水一转身跺开西屋的门，冲了进去。

小孩泼了两盆水，才想起从浓烟滚滚的屋里把老奶奶拽了出来。

水英睡梦中听到了那两声"妈"，她一激灵坐起来，披上衣裳就向外冲，顾不得跟院里的小孩打招呼，抓起地上的猪食盆，舀了水，一盆盆往火里泼。

好在衣裳离床远，还没有烧到被子、单子上，一会儿火就被泼灭了。

泼完最后一盆水，水英咣啷啷扔了盆，把瘦嶙嶙的小孩一把拽过来，紧紧抱住，然后腾出一只手，连连抹拉小孩的脸。

那小孩头上身上水淋淋的，凉冰冰的，脸上黑一道白一道，成了一只花狸猫。

双黄蛋

李士民

大黄鸡临走前，下了一枚双黄蛋。

双黄蛋被我娘小心地放在灶台上，鲜亮，生动，温热，像贵客临门。其实，双黄蛋从表面是看不出来的，是我娘从它身材的肥胖程度判断得出的。

大黄鸡要去的地方并不远，柳湾村，我大姨的村庄。前段儿，我大姨病了，做了手术，身子弱。平时，我大姨对我娘好，我娘要我大姨的绣花鞋，我大姨眼都不眨就从脚上脱下，我娘要我大姨家的山羊，我大姨就把羊绳从树上解开，递给我娘，脸都不红。大姨说，我娘就是要她的头，大姨也会割下来。

这会儿，大姨病了，我娘也不能无动于衷，其实，我家也拿不出贵重的财物帮助大姨，所以，我娘准备把大黄鸡送过去，给大姨炖鸡汤。

没想到，忠诚的大黄鸡，在最后分别的时刻，奋不顾身下了一个双黄蛋。

第二天一大早，我还在被窝里梦游，就被我娘拽醒了，娘把煮好的双黄蛋放在枕头边，告诉我，这个双黄蛋，你和弟弟分了吃，一人一个黄。我兴奋得像得到了一个恐龙蛋，一下子从床上跳下来，一连点了六个头。

于是，我把弟弟拽起来，商量怎么吃双黄蛋的事。我弟弟平日看起来像个傻蛋，争论起吃的事，像个滑溜的驴屎蛋，他提出让我吃鸡蛋白，鸡蛋黄留给他。我说不行，咱比赛，谁赢了谁吃完，谁输了谁不吃。弟弟攥紧拳头，比就比，剪刀锤子布。

剪刀锤子布，三局两胜，弟弟变成了缩头乌龟，他立马哇哇大哭起来，滑到地上打滚、蹬腿、耍赖皮。我说上场比赛取消，咱们再比一次，

103

这次是长跑比赛，谁先跑到沱河堤，谁就是赢家，谁是赢家，双黄蛋就是谁的。

我手里捧着双黄蛋，嘴里喊着三、二、一，我和弟弟撒腿向沱河方向跑去。当然，这次耍赖皮的是我，很明显，论长跑，弟弟哪能是我的对手，几分钟后，弟弟就被我甩在了后面，再过几分钟，弟弟的影子就被庄稼淹没了。

我一口气跑到沱河岸上，手里高高举起胜利的双黄蛋，沱河水，"哗啦啦"地流，我的心，"哗啦啦"地被打开了。

是的，双黄蛋我不舍得吃，我是用来送给崔影的。

崔影是柳琴戏剧团的演员，这几天来村里演出。崔影的腰身像风摆杨柳，样子像贵妃醉酒，崔影一出场，闹人的小孩会停下，崔影一出腔，台下的咳嗽声会消失。

其实，上一年，崔影来村里唱柳琴戏，我就准备了一个鸡蛋，没想到，贪吃的弟弟偷梁换柱，给我搞了一个鸡蛋壳。那时，我心里有气，发不了脾气，心里有苦，说不出来。

这一回，哪里还能错过呢。

我知道，一大早，崔影就会来沱河边练嗓子。

果然，崔影就在河边，她正迈着碎步，扭着身子，唱着柳琴戏《马古驴换亲》：

　　　见买主不由我泪珠直滴，
　　　霎时我怀抱冰凉到心底。
　　　夫年老妻年少怎能到头，
　　　等待我薄命人尽是委屈……

只是，在崔影身边，那扮演马古驴的男演员也在练嗓子，那个演员长了一张驴脸，发出的声音也像驴叫：

　　　孩他娘有病下世早，
　　　撇下两个儿子一个闺女，
　　　大儿子今年四十九，
　　　二儿子今年四十七，
　　　就数闺女岁数小，
　　　打春后她才四十一……

我躲在一棵树后面偷偷观望，紧握拳头，恨得牙齿发酸，脚底发痒。

还好，我发现不远处的树杈上，崔影的布兜就挂在上面，我轻手轻脚地走过去，把双黄蛋塞进了布兜里。

一百个没想到，那个驴脸演员要去玉米地里拉肚子，关键是，去玉米地时，还拐了个弯，绕到了那棵树边，伸手就从布兜里掏走了双黄蛋，而且，那张驴脸得意忘形，龇牙咧嘴，活像一头欠挨鞭子的驴。

正好，我弟弟赶了过来。我对弟弟说，看到了吗？那个驴脸演员，偷了咱们的双黄蛋，躲进了玉米地。弟弟一听，满脸深仇大恨，他从裤兜里取出弹弓，掏出一把楝豆，兔子一样地钻进了玉米地。

不大一会，只听"哎呀"一声，驴脸演员提溜着裤子从玉米地里跳了出来，一定是我弟弟的楝豆射中了他的驴脸或是驴屁股。弟弟在前面跑，驴脸演员嗷嗷直叫地在后面追。

趁着这个机会，我跑进玉米地里，找到丢在地上的双黄蛋，转身跑回了河堤。就这样，我再一次把双黄蛋放进了崔影的布兜里。

我弟弟跑呀跑，驴脸演员追呀追，眼看要撵上了，弟弟像一只猴子，爬到了一棵大树上。他在树上做着鬼脸，驴脸演员在树下耷拉着驴脸，驴脸演员说，我就在树下等你，看你能上天不。

我弟弟没上天，驴脸演员却蹬起蹄子，向村里跑去，因为村里的舞台上，响起了锣鼓声，驴脸演员，要登台了呢。

隔天一大早，我还在被窝里梦游，就被我娘拽醒了。娘把双黄蛋放在枕头边，告诉我，这个双黄蛋，你和弟弟分了吃，一人一个黄。

我娘还告诉我，昨天晚上，娘送给崔影一块小手帕，崔影给娘送了一个双黄蛋。其实，我娘是个戏迷，也是崔影的粉丝。

我和弟弟吃着双黄蛋，弟弟的脸变红了，我的脸变绿了。

豆　娘

熊君红

　　等了半晌，依然不见豆娘来吃饭。杨庄主在大堂徘徊。

　　管家低声回道："已差第三个丫鬟去请了。"

　　"算了，是我惯坏了。"杨庄主摆摆手，"一个女孩子，想做酱油，哼，非分之想。"

　　杨庄主祖上开酱园做酱油，四海闻名，可他五十岁才生了女儿豆娘。豆娘一岁半时，夫人病逝。杨庄主怕豆娘受委屈，一直不曾续弦。掌上明珠也真够任性的，八岁哭着闹着要读私塾。唉，惹尽乡邻笑话。十三岁那年，她竟然偷偷女扮男装，跑到湖南岳麓书院读了两年新书，还结交了什么异性"同窗"，简直是要逆天呢。幸好杨家不差钱。这不，读书回来，鬼使神差，又要做酱油，整得杨庄主脑子嗡嗡的。

　　杨庄主的酱油生意，甚是兴隆，奈何杨氏祖训有云：秘方传男不传女。

　　杨氏酱油汁浓香醇，味鲜耐储，营养丰富，因酱油表面结出一层厚厚的冰晶，俗称冰油。传说有一年乾隆皇帝游江南，尝到用它做的菜，龙颜大悦，御点为贡品。如此天宝，不可失传哪。

　　真是两难啊！这正是杨庄主的一块心病。

　　"豆儿啊，你说你学习琴棋书画，学习女红，哪样不好？做酱油是粗人的事。"杨庄主让丫鬟扶小姐回绣楼。

　　"娘啊……"走了几步，豆娘突然甩开丫鬟的手，双膝跪地痛哭。见女儿哭娘，触及杨庄主的痛处，只得同意，"好好好，你到酱坊去帮忙吧。"

　　没多久，冰雪聪颖的豆娘就能独当一面了。豆娘终于得到允许，可以单独酿制几缸酱油。到了出酱油那天，杨庄主入酱坊坐定，只见豆娘用长柄提勺，舀满酱油，倒入蓝花金边小碟盏内，捧到父亲面前。杨庄主凑近闻闻，眉头微皱，端起酱油抿了一小口，猛然吐出来："呸！"

豆娘忙问："爹，怎么了？"

杨庄主满脸阴云，不搭话，起身离开。

豆娘又悄悄问管家："我爹，咋回事？"

管家小心翼翼地说："小姐，你草率了，原料里有霉变黄豆，酱油倒味了。"

豆娘仔细追查，查到了杨庄主侄儿、豆娘的堂兄身上。杨庄主的二弟，好说歹说，把游手好闲的儿子送到酱坊，交给大哥管教，想着兄长把酱油绝技教给儿子。谁知此儿积习难改，偷偷往豆娘的用料中混入烂黄豆，换出好黄豆，卖了钱喝酒。

为此事，杨庄主罚豆娘蒸煮八担黄豆。管家低声嘀咕："小姐那是冤枉，代人受过啊。"

杨庄主说："难道我不知道？女孩子家家的，吟诗绣花，多好，偏要做酱油。哼，趁机让她断了这个念头。"

连续几天，丫鬟一趟趟禀报杨庄主："小姐躺在床上，不吃不喝，瘦成了一把骨头，只怕伤了身子……"

杨庄主听了，甚是烦恼，在房里来回踱步："冤家哟！真的惯坏了……去，告诉豆娘，就说我让她重回酱坊。"

某天夜里，管家急匆匆来到正房，说："老爷，人赃并获！您侄儿……"

杨庄主惊异地问："他又掺假？"

管家吞吞吐吐："岂止掺假？他还倒卖黄豆。"

杨庄主气恼地说："你把那不成器的货，送交我二弟。等等，记得结清他的工钱。"

豆娘的又一轮酱油出缸了。杨庄主品尝过后，满意地点点头："离正宗杨氏酱油还有距离，要努力。"从此，杨庄主把祖传秘法教给豆娘，还特意带豆娘谈生意，读账本。

又过了两年，杨庄主心中像塞了团棉花。几年前，媒人来杨家跟赶集儿一样，门槛踏破三条，可眼下……哎，不想了。

一天，豆娘拉上一个后生直奔房门口喊爹。杨庄主正想着心事，没太在意。豆娘扯了那后生一把，低声说："跪拜呀。"后生一头雾水。

豆娘扯掉头巾，一头黑绸缎般长发像瀑布倾泻下来，惊得后生连连后退。豆娘转头冲后生抿嘴浅笑。后生一个激灵，朝杨庄主双膝跪下，口呼："岳父大人在上，请受小婿一拜！"

杨庄主大惊，岳父？那是随便喊得的？豆娘急忙红着脸解释："这就是我岳麓书院的同窗师兄王川……"杨庄主见后生俊朗憨厚、身材壮实，心中颇喜。

豆娘成亲之日，杨庄主喜笑颜开，把一枚刻有"杨氏酱油坊"的印章和几页泛黄的稿子交到豆娘手中。

泛黄的稿子上是杨氏祖上所写的好看的蝇头小楷："杨氏冰油制作技艺"。

箫 声

阎秀丽

八岁红唱戏，恍若云中鹤唳。

一丈青吹箫，恰似风过竹梢。

八岁红住村西，一丈青住村东，中间隔着一条河，两岸有垂柳，水里有鱼虾。

河水隔开两个人，只有到了腊月，鼓声咚咚，丝弦声起，冰封的河面，像一条玉带，牵扯着两个人走在一起。

红妆绾青丝，点朱砂，丹蔻纤纤，方寸的戏台舞动几尺的霓裳。

薄雾凝霜冷，箫声起，弯月离舟，在寒光吞吐中花飞凤咽。

有人说，他们真的是郎才女貌，天作之合。

也有人说，那岂不是猪儿拱了白菜……

八岁红面若寒霜，心下却悄悄欢喜着惆怅着。眉眼之间，多了一丝只有一丈青才能看得到的情意。

八岁红是一棵葱绿的白菜，鲜嫩得能滴出水来。

一丈青噤若寒蝉，目光流转之时，悄悄地把心门关闭，不敢透一丝的缝隙。他怕，内心悸动的蝴蝶会拍着翅膀飞出来。

一丈青不想当猪儿，猪儿真的会糟蹋了好白菜。

一丈青家穷，穷得只剩个瘫在炕上的老娘。何况，他虽长得面貌周正清秀，却是天生的结巴。一张嘴就露怯，嚅动着嘴唇，说不出一句完整的话，憋得脸红脖子粗，到最后使劲一跺脚，才蹦出几个字。看着对方揶揄的表情，他低下头，默默离开。

一丈青的话越来越少，平素里，手里握着那把箫，站在河边的柳树下。眼神温润，双眸低垂，箫声便缓缓漾出，轻柔、涓细，如屋顶上飘荡着的袅袅炊烟，慢慢地飘散开去。

河对岸，一个曼妙的身影在箫声中翩然起舞，轻音朱唇轻声起，水袖划断晨光。

面对时，他们从不说话，就像两个不相干的人。

到了戏台上，两个人却配合得极妙。八岁红水袖青萍，仪态端方，演绎着细腻温婉的闺中情愫和绵长如缕的缱绻幽思，恬静、妩媚。丝弦声后，一丈青敛眉抬腕，箫音悠幽，恍若洇过雾的缥缈，濯过水的清纯，如怨如慕，余音袅袅，不绝如缕。

八岁红嫁人了，却没有嫁给一丈青。

人们摇摇头，有着些许惋惜，更多的是长出了一口气。

八岁红的男人是村长的儿子，村长的儿子财大气粗，不仅开着村里人难得一见的小轿车，还是县城一家公司的小老板。

村长家摆了三天三夜的流水席，河边回荡了三天三夜的箫声。

八岁红去了城里，再回来的时候，俨然是个明艳的妇人。举手投足之间少却了那份温婉和青涩，她淡然地和村里人打着招呼。

爹娘喜滋滋地说，幸亏我们俩寻死觅活地挡着，给你找个好人家，要是按你的心思，岂不是掉进了那个穷坑……

八岁红敛起笑容，放下手里的礼物，任凭爹娘再三挽留，也不肯住下一晚。走到河边的时候，看着激滟的河水呜呜咽咽地流向远方，良久，八岁红清亮亮的声音在水面上滚动：

> 长相守，长相守，
> 春去秋来情不留。
> 怕只怕日月匆匆红颜老啊，
> 纵然是红颜老我也等候，
> 我一定等你到白头……

河对岸，一个身着青衫的身影站在柳荫下，直到河面恢复平静。那一夜，河岸上的箫声呜呜咽咽地弥漫在整个村庄的上空。

几年后，八岁红再回来的时候，衣衫依旧奢华，厚重的脂粉却掩饰不住面容的苍白憔悴，和邻里打招呼的时候，她也只是挥挥手，匆匆离去。

接连几天，八岁红家大门紧闭，灯光闪闪烁烁地亮了一夜又一夜。

村里闲人多，很多话长了翅膀，飞进各家各户：八岁红不生养，被男人厌弃，当初的妙人，人人艳羡，如今却是落坡的凤凰不如鸡，啧啧……

八岁红极少出屋，也很少听到她说话。爹娘没了往昔凌人的气势，看到村里人不由自主地弯腰，脸上堆着讪讪的笑。有媒人上门，说邻村张老癫的婆娘因病去了，想续弦。爹娘脸上有了喜气，征求女儿的意见。八岁红不语，只是把媒人带来的礼物扔了出去，"咣当"一声关上门。

媒人丢了脸面，指着门跳脚，骂了几嗓子。闲人把话传得更远，从此再也不曾有人上门提亲。

月明之夜，一个身影默默地站在戏台前，对着月亮，双手拢在唇边，手指若兰花状，或抬起或按下，疏密有致。风过，似有箫声乍起，呜呜咽咽地在戏台上回旋。

此时的戏台空空如也，只剩下几个铁架子在那孤零零地支棱着。

一丈青早已不知去向，卧榻多年的老娘因病去世后，他便锁了院门，一青衫一长箫，在一个晨光熹微的早上飘然离去，没有人知道他去了哪里。

八岁红似乎成了哑子，夜晚如游魂般出去，天明返回。几经打骂，依旧如此，久了，爹娘积怨成疾，没有精力顾暇，终日里唉声叹气，只能任由其来去。

村里人摇摇头，天可怜见，好端端的，竟活成了戏里苦命的人儿。

春去春又回，八岁红的爹娘挂着眼角的泪，恹恹离世。八岁红呆呆地看着村里人给爹娘入土安葬，低着头跪在尘埃里，脸色无悲无喜。

村人忽地安静，踏踏的脚步声由远及近，在八岁红面前停下，正是一别经年的一丈青！

一袭青衫，脸上沧桑尽显，眉眼之间温润如昔。

他扶起八岁红，嘴唇嗫动，脸憋得通红，使劲一跺脚，却是长长的一段道白，虽无丝弦伴奏，声音恰如飞泉鸣玉，委婉激昂：

> 朝思量，暮思量，
> 一别长亭岁月长。
> 卧病在床君知否？
> 满天星斗夜初凉。

戏里的一丈青，竟然没有结巴！

八岁红双手拢在唇边，手指若兰花状，或抬起或按下，疏密有致。风过，似有箫声乍起，轻柔涓细，在两人眉目之间流转。

代厨难做

严　奇

　　代厨就是走家串户替主人家做菜，是时下一种时兴的工作。周森是一家饭店的主厨，业余时间接些代厨的私活，因为手艺好，做完订单后都会收到客户的好评。最近周森有点郁闷，他收到了职业生涯以来第一个差评：好吃是好吃的，可是味道完全不对！

　　周森纳闷，川菜讲究"一菜一格，百菜百味"，好吃不就行了，什么叫味道不对？但奇怪的是，这个给差评的客人，居然又在平台上下了一单，点名让他上门做菜。

　　这位客人姓刘，是个满头白发的老阿姨，她独居在别墅区，花园里鲜花盛开，家具陈设也非常高档。也许这种生活品质高的老人家，口味就是格外挑剔吧。

　　周森第二次敲响刘姨的家门，不免有点紧张，刘姨劈头就问："小伙子，你是不是因为我的差评，心里不高兴啦？"

　　"没有。"周森摇头，但还是按捺不住心里的好奇，问，"可既然您不喜欢我做的口味，换个代厨不就好了，为啥还让我来做菜呢？"

　　刘姨笑了："因为你做的辣子炖鸡最接近我想要的味道。"见周森一脸不解，她继续解释，"不瞒你说，我已经请过不知道多少个代厨了，虽然都打了差评，但你是'较差'，别人都是'很糟糕'。"

　　周森有点哭笑不得，问："那这次要做什么菜？"

　　"不做别的菜，我叫你过来，是要教你做辣子炖鸡。"

　　"你要教我做菜？"周森是专业厨师，还从没见过这种奇怪的要求，有些始料未及。

　　刘姨郑重地点点头："只要你能在下个月三号前把这道菜做到让我满

意，报酬我翻倍给你，可以吗？"

还有这种好事？不就学个菜吗？那还不容易，这是稳赚不赔的活儿啊！周森连忙答应了，撸起袖子说："那先剁鸡块吧？"

刘姨摇头，把周森领到了家中的库房，翻出一口周身通红、沁满黑渍的老锅，锅把手上歪歪扭扭地刻着"俊飞"。然后递给他一张单子，上面列着：南郊鸡一只，南郊大集香料店的八角、桂皮、干灯笼辣椒、大红袍花椒……

买齐材料后，周森在回来的路上想：怪不得刘姨觉得味道不对，原来原料都是有讲究的。这一回肯定能做出她想要的味道了！

材料收拾停当，周森问刘姨："刘姨，您来给我讲讲做法吧！"

刘姨望着鸡块和各种配料，脸上却露出了茫然的神情。

原来，刘姨只记得味道，却记不清她想要的辣子炖鸡究竟是怎么做的，连各种香料的配比也完全不记得了。

周森只好凭经验做了一份，香喷喷的炖鸡端上桌后，刘姨尝了一口，还是缓缓地摇了摇头。

这么试了好几次，每次口味都有变化，但每次刘姨都是满眼希望地品尝，满脸失望地放下筷子。周森不免有些灰心丧气，说道："刘姨，您看，我们反复试了那么多遍，都没有成功，要么算了吧？"

"不行！你答应我，下个月三号之前要学会这道菜的。"

"刘姨啊，您那口锅真不好用，食材也很普通，比如三黄鸡就比南郊鸡口感好……要不，我们换一口好锅，换更好的食材试试看？"

刘姨坚决地说："不行！就得用那口锅，食材也必须用南郊的！"

周森有点不耐烦了："老是下个月三号，烦死了，工钱我不要了，我不干了还不行吗？"

刘姨一把拉住周森，带着哭腔说："别走……我试过那么多代厨，只有你的手艺最接近。下个月三号，是我儿子俊飞一家回国的日子，他从小最爱吃我做的辣子炖鸡，后来他大了，去国外读书、做生意，这一去就是十年。他特地打电话跟我说，这次回来想吃我做的辣子炖鸡呢！可惜啊，我现在年纪大了，总也做不出那个味道了。那口锅虽然旧了，可那是他小时候我给他炖鸡用的呀，只有这口锅才能做出他小时候的味道……"说着说着，一滴泪水划过刘姨苍老的脸庞。

是啊，老人年纪大了记忆退化是难免的。看着刘姨的样子，周森想起自己的母亲。她得阿尔茨海默病初期，常常自己跑出去乱走，有时候站在路口发呆，几次差点发生车祸。周森只好把母亲送到专门的看护机构，他业余干代厨，也正是为了多挣钱给母亲缴纳看护机构的费用。

周森打消了离开的念头，决心学会刘姨的辣子炖鸡。周森记录下每一回试菜的调料比例，还专程跑了一趟刘姨的老家，跟村里的老师傅学了家常炖鸡的做法。

这天，周森信心满满地把一锅辣子炖鸡端到了刘姨的餐桌上。扑鼻的香气一瞬间点亮刘姨黯淡的双眼，她连忙夹起一块鸡尝了一口，眼泪滚滚而下。

刘姨喃喃道："终于好了，终于好了。谢谢你啊！小伙子……"

周森兴奋极了，对刘姨说："刘姨，您知道之前差在哪儿吗？我跟老师傅请教了才知道，少了一味关键的配菜……"

周森没有继续说下去，因为刘姨已经靠在椅背上睡着了。周森安顿刘姨睡下后，悄悄关门离开。

第二天，刘姨在平台上给周森付了双倍报酬，还提前下了下个月三号的代厨订单。三号一大早，周森去南郊大集买齐食材后，来到了刘姨的家。可是，开门的是一个四五岁的小男孩，小男孩问道："你是谁?"

周森猜测这肯定是刘姨的小孙子了，便笑呵呵地说："我是来给你爸爸做辣子炖鸡的。"谁知小男孩白了周森一眼，一言不发地跑进屋去。片刻之后，一个年轻女子走了出来，听了周森的自我介绍后，女子泪流满面："我是刘姨的儿媳妇，果然，婆婆一直都不肯相信那件事啊……"

原来，刘姨的儿子俊飞在和母亲通电话后的第二天，就突发脑出血去世了。刘姨受了刺激，在脑海中抹去了儿子去世的事情，只是执拗地想重现儿子要吃的那道菜，然后等待儿子一家的归来。

女子说："我带儿子回来的时候，她一看到俊飞的遗像，当场就晕过去了，现在人还在医院呢，还好已经脱离了危险期。"周森眼睛一扫，果然看到客厅的桌子上摆着一张遗像，那是一个长相酷似刘姨的男青年。女子继续说："常听俊飞念叨辣子炖鸡，你会做这道菜?"

周森默默地走进厨房。一段时间后，香喷喷的辣子炖鸡上了桌，周森说："之前的味道不对是因为少了一个配菜，黄花菜。刘姨老家的老师傅告诉我，黄花菜学名叫萱草，代表母亲的爱。"

刘姨的小孙子又跑了出来，依偎在妈妈怀里，悄声说："妈妈，这是什么菜？好香。"

女子对周森说："我儿子喜欢这个味道，你教我做吧！我一定要学会做这道菜，做给我的儿子吃，让他也记得奶奶的味道、爸爸的味道、家乡的味道……"

流量制造

张甫军

夜幕降临，城边的跳蚤市场依然热闹，人群像潮水一样在各种摊位前涌来涌去。

"你这个老头……"一个突兀的声音在人群中炸开。人潮停下来，人们纷纷向这个声音望去，有些已经凑了过去。

"你为啥要在我车的引擎盖上吃饭？"说话的是个年轻女人，绿色头发，浓妆艳抹，一身豹纹的紧身短裙。她正在一辆小轿车前，数落一个驼背的老汉："你咋不到你老婆的肚子上吃？"

老汉赔着笑，没有吭声，只是用手擦了擦嘴，把引擎盖上的饭盒端起来，用袖子擦拭着引擎盖。

"干吗，毁灭证据啊？"绿头发女人并不买账，"赔钱！"

此时，围观的人群已经形成了半圆的人墙，人们有的窃窃私语，有的指指点点，有的摇头鄙夷。看到老汉不知所措的样子，一个妇女从人群里走出："小姑娘，你说话别这么难听，这个大叔只是在上面吃了个饭，又没……"

"切，多管闲事，饭放在你的脸上吃行不行？"绿头发女人不容妇女说下去，翻着白眼，又催老汉，"两百块，我要洗车！"

那个妇女被呛得脸上一阵青白，立在原地不知说什么好。

"你这人咋说话这么冲！"这时，又从人群里走出一个小伙子，他端着手机，一边录着视频，一边说，"得饶人处且饶人……"

"切，又来一个狗拿耗子的。"绿头发女人一脸不屑，瞧见小伙子拿手机录视频，正色道，"瞎拍啥啊？你再拍我就报警。"

小伙子"哼"了一声，便将手机放了下来，不过那手机的镜头却悄悄对着绿头发女人，视频还在录制，他说，"你这样对待一个老年人不好。"

"这跟你有一毛钱关系没有？"绿头发女人乜了一眼小伙子，继续向老汉发难，"赔钱，快点的，别磨叽！"

"咋没关系？天下事天下人管，你欺负老年人我就得管。"听小伙子这么一说，围观的人群有了反应，一边倒地说："就是就是。"

"你管？冒充大尾巴狼是吧？那好，两百块你替他赔。"

"不就两百吗，我还以为一万两万呢。"

绿头发女人冷笑："呵呵，那你拿钱啊。"

"钱肯定赔的，但事情咱们得捋捋。"小伙子说着，走到老汉面前问，"大爷，你咋在她的车盖上吃饭啊？"

老汉呜噜呜噜说了一长串。看来是个哑巴，小伙子听不懂，犯难起来，问围观的人群："大家有会手语的吗？"

围观的人群都摇头。

老汉看小伙子听不懂，便将小伙子拉到绿头发女人的后车门旁，用手指了指车窗。那车窗开着，老汉将手伸进去，又拿出来，如此比画了一番。

小伙子明白了，老汉是看到车的窗户没关，怕有人偷车里的东西，才一边吃饭，一边守着的。小伙子明白了，围观的人群也就明白了，七嘴八舌，有的说话难听："真是好心当作驴肝肺……"

见此情景，小伙子赶紧转动手机，用镜头将人群的反应录下来，录了一圈，又将镜头对准绿头发女人。

绿头发女人一脸尴尬，却还嘴硬："帮我看车？哼，我才不信他有这么好心呢。要是我车里少了东西……"说着，她便上了车。

围观的人群都以为绿头发女人要检查车里是不是少了什么东西，却不知，绿头发女人迅速把车点着，狂摁喇叭，猛踩油门，跑了。

这一切都被小伙子录了下来，他冲狼狈逃跑的车子喊，"喂，开慢点，别翻沟里去了……哈哈……"人群也跟着发出海啸一样的笑声，并向小伙子投去佩服的目光。

一件小事，就这样画上了句号，围观的人群作鸟兽散。小伙子也得意地从跳蚤市场出来，他走过一条街，在一个小巷站住了。他拿出手机，将在跳蚤市场拍的视频发到了网上，还写了个吸睛的标题：街头暗拍，现实版的《农夫与蛇》……视频刚一发出，就获得了大量的转发和评论。

"嘿，爽！"小伙子正高兴，一辆轿车停在了他的身边，他看了看驾车的人，满面春风地坐进副驾驶。

驾车的人不是别人，正是绿头发女人，她一把将头上的假发扯下来，说："哼，要不是老娘跑得快，刚才就被市场上的人吃了。"

"辛苦辛苦。"小伙子赔着笑说，"这不是为了流量吗！别生气，回头再策划一期，你演好人……"

绿头发女人刚想说什么，这时，车后排坐进一个人，是之前那个哑巴老汉。他一边抽掉背后用来伪装驼背的抱枕，一边兴奋地问小伙子："这次播放量咋样？"

猫　眼

何圣林

　　我悄悄走近窗户，透过若隐若现的窗纱，看见花晓幂正面对着窗台上的那盆长寿花，微闭双眼，双手合十，口中喃喃有词。

　　那盆长寿花是同事去外地支教时留下的，同事嘱咐我要像对待祖国的花朵一样照料它。说实话，我不喜欢养花，家里的两盆多肉也是朋友送的。

　　长寿花交给我照料时，只有绿油油的叶子，我并不觉得好看，随手把它放在了墙角。直至有一天，我无意中发现它开花了，就把它搬到了桌面上。

　　至于这盆花有个好听的名字，那是花晓幂告诉我的。

　　花晓幂是班里的语文课代表，每天都会把同学的作业本收齐交到我的办公桌上。那天，花晓幂走进我的办公室，看见这盆长寿花，大声惊呼："老师，这盆猫眼真美。"

　　"这花叫猫眼？"

　　"是啊，去年才出来的新品种，单瓣的猫眼粉。"

　　我瞥向长寿花，长长的花箭从叶片之中穿出，顶端铺满了粉白相间的花朵，像一个个绚丽的绣球，可怎么看也不像是猫的眼睛。"为什么叫猫眼呢？"我疑惑地问她。

　　她放下作业本，两只手的拇指和食指分别弯成一个圆形，套在眼睛上。"猫的眼球随着光线的变化而变化，早上像枣核，中午是一条缝，到了晚上又变成圆形了。"她边说边用双手比画着枣核、线条和圆形，放下手又说，"这种长寿花花朵的颜色，也是随着光线的变化而变化，所以叫猫眼。老师，这花要多晒太阳，越晒越健康，越多彩。"

她滑稽的动作并未令我发笑，我只是惊讶地望着她，"你喜欢养花？"

"不，我不养花，我妈妈养花。"

"那你妈妈一定养了很多花吧？"

"是很多，但只有一种——长寿花。"

那天起，只要白天有太阳，我就把花盆搬到室外的窗台上，下午下班前再搬回办公室。也是从那天起，我看见她放下作业本，就会走到窗台边，面对着那盆长寿花，微闭双眼，双手合十，口中说着什么。

这一次，我听得真真切切，她一直在说，祝奶奶健康长寿，祝妈妈健康长寿。一连说了三遍才离开。

下午上班经过窗台边，发现长寿花少了一个枝杈，从伤口处可见是被人硬生生折断的。我有些气恼，查看了监控，一个文静的小女孩映入我的眼帘，正是花晓幂。

这本来不算个事，但一个三年级的小学生会做出这样的行为，不能说是小事了。我刚接手这个班级，对学生的个性还不太了解，于是，我决定联系花晓幂的妈妈董淑芳进行一次家访。

电话联系好后，我骑上电动车。董淑芳的家在城中村，附近都是低矮的二层楼房，巷口较多，又没门牌，还好碰到一个老人，问到了她家。老人说："找董姐啊，她家在前面第四条巷子往里走第三个门。"门开了，一个看似四十多岁的女人站在我面前，"我就是董淑芳，邻居们都叫我董姐。"初次见面，我觉得有些面熟，但又想不起在哪见过。

走进里屋，灰白的墙壁上贴了几张花晓幂的奖状。坐下后，我问了一些关于花晓幂个人的生活情况，也向董姐介绍了花晓幂在学校的情况。谈着谈着，话题聊到了花上。

"董姐，我能参观你的花园吗？"

"好啊。"董姐带我走进后院。院子的三面墙边，都有一座梯形的花架，花架上大大小小的花盆中，各种颜色的长寿花正怒放着。我边欣赏这美丽的花海，边往里走，在前方左侧的拐角，看见了那一枝猫眼。

董姐顺着我的眼神，也看到了那枝猫眼，对我说："家里都是普通的长寿花，只有这一枝名贵的猫眼，还是晓幂的一个老师今天送给她的。"

"哦。"我心不在焉地答了一句，刚想说出今天家访的真正目的，就听见身后有人叫我，"何老师。"

是花晓幂。她背着书包，胆怯地望着我，小手不停地搓揉着裤缝。

嘴边的话被我咽了回去，我对董姐说："这枝是我不小心弄断了，花晓幂说她能插活，就送给她了。对了，你为何只养长寿花？"

"我想长寿啊。"

我扑哧一声笑出声来，难怪花晓幂总对着长寿花许愿呢。

董姐说："我只有长寿了，才能照顾好家人，也才能更多地帮助我想帮助的人。"

盯着董姐的脸，我猛然想起今天上午电视中介绍的"椒陵好人"一天的生活轨迹：照顾躺在床上的婆婆，接送年幼的孩子，做三小时布玩具针线活，做三小时义工……这个人正是眼前的董姐。

看着那盆新插的长寿花，再看着站在我面前的董姐，她不也是一盆美丽的"猫眼"吗？

从董姐家出来，花晓幂送我走出巷口，她红着脸说："老师，对不起，我错了。"

我蹲下身，抚摸着花晓幂的头，"老师家里还有几盆不一样的猫眼，下周带来送给你。"

蛋　糕

高春阳

　　我巴不得自己生病。

　　我对生病的渴望可以用一个词儿来形容：垂涎三尺。

　　但我不愿意弟弟生病，他还不到两岁，走路都侧歪着。我比弟弟大五岁，我妈当然向着他。可偏偏老天爷也向着他——他居然生病了！

　　为什么不是我？

　　我眼睁睁看着我妈抱起弟弟冲去镇上卫生院的时候，小人书掉地上了。我收回羡慕的目光，弯腰拾起"马良"，拍拍"马良"身上的灰尘，进屋，跪下，看床底下那八包点心。我把脑袋伸进床底下，像小狗一样凑近，鼻子一吸，浑身骨头就酥了。

　　点心用牛皮纸包着，用纸绳捆了十字结，上面系了个手提扣。牛皮纸已经被点心浸染了油渍，看起来油光锃亮，闻起来香气扑鼻。

　　我已经六岁了，从没吃过点心。说实话，我对点心出现在我家，是很奇怪且敬畏的。我爸在公家锅炉房挥大锹，我妈在镇上工地搬砖。逃离生产队，不用挣工分也能靠力气吃饱饭，我妈说咱家已经烧高香了。怎么可能吃得起点心呢？

　　我妈提拎着八包点心进屋后，马上把我叫到跟前儿，立立眼睛说，不要偷吃，否则，屁股蛋子给你削成两瓣儿！

　　我吓得吱溜一声钻进里屋，哄不到两岁的弟弟玩去了。我听见外屋我爸在叹气，说，要不给孩子吃一块？我妈说，拆包就废了，还怎么送礼？我爸说，少送一包呗。我妈说，俩科长，少一包，七包咋分？办编制不是闹戏。我爸说，再买一包呢？我妈说，哪有余钱？一分钱都得掰开花！然后我爸就不吭声了。我猜到是这样的结果，我妈性格比铁还硬，比钢还强，我从没见过她掉眼泪。

小人书《神笔马良》快被我翻烂了，说的是少年马良有一支神笔，画啥，啥就能变活，跟变戏法似的。我多想自己成为马良啊，多想马良给自己画一包点心啊，可惜，那是梦。

有弟弟之前的那年，我被狗咬，住院了，我妈破天荒地给我买了一瓶黄桃罐头，行啊，我就不形容那次吃罐头的感觉了吧，反正从那以后，我就巴不得自己生病，垂涎三尺地渴望自己生病。

我没病，弟弟却病了。这事儿真气人。

我在家正琢磨马良的神笔，我爸回来了，火急火燎对我说，拿一包点心给你妈送卫生院去。说完去里屋床下取出一包点心塞给我，又火急火燎地出去了。

跑腿的幸福来得太突然。我哆哆嗦嗦地捧着这包点心，出门去卫生院。卫生院距离我家不远，我却走得非常慢。一来我不想那么快失去跑腿的幸福，二来我怕路上有什么闪失。

上次我去建筑工地给我妈送饭，也是不远的路，却出了事。我端着饭盒在路上遇到一条小狗，那条小狗眼馋我的饭盒，问我要，我不给，小狗生气，扑上来抓我裤腿。我急眼了，一脚踢开它，它咬了我一口。

过后，我妈领我去医院，打针、输液、住院。对了，就是我刚才提到的第一次吃罐头那次。

扯远了。

话说我捧着一包点心走在路上，心里猜，里面是核桃酥呢，还是蜜三刀呢？还是蛋糕呢？这三样点心我在小娟家都见过，就是没吃过。我见小娟吃过，小娟吃蛋糕的时候出于友情和同情，给我尝过一口。你知道一块圆形蛋糕，四周都有边边，像房檐。当时，我只在房檐上啃了一小口，就记住了一辈子。

想到这里，我好奇了，决定拆开包装看看里面是啥，反正也不吃，看看而已。我小心翼翼解开手提扣，慢慢拆开牛皮纸，哇——这些小可爱露出了真容，是蛋糕。我随口咽下唾沫，拿起一块放在鼻子底下，天哪，我一辈子都要感谢小娟，是她，让我今生记住了这种味道。

我用牙齿轻轻触碰蛋糕，真的是碰，不是咬，哈喇子就淌下来，沾到了蛋糕边上。我用手擦，谁想擦掉了一块渣儿，蛋糕渣掉进我手里，我疯了，瞬间伸舌头舔了。然后发现，蛋糕边上掉渣的那个位置，出现了一个若隐若现的小小缺口。根本看不出来嘛！我心里想，然后生出智慧，沿着蛋糕周围，仿照缺口大小，转圈啃了一轮。

我满手是油，满口生香，看着像被耗子啃过一圈的蛋糕，暗自得意。就这神操作，轻易看不出来改动过了的痕迹。就算看出来，以咱这智商也有说辞对付。

按照原包装的印记，小心包装，小心系绳，恢复原状后，捧着一包蛋糕，我心满意足地来到卫生院。

果然没有猜错，我妈要蛋糕，是要给生病的弟弟吃的。

护士在床边给弟弟换药，我妈随手拆开蛋糕包装，看到那块蛋糕，她惊呆了。护士跟着瞅过来，也惊呆了。

看她俩表情不对，我说，哎呀，是耗子咬的吧？

我妈瞬间掉下了眼泪。

有生以来头一次看见我妈掉眼泪，我慌了。

我妈拿出那块蛋糕给我。

这是给我吃吗？我不敢接。

我妈说，本来也有你的份儿。吃吧，吃完咱去街上买耗子药。

睡油箱的女人

普 凡

公路就是个冤孽，怎么跑都跑不到尽头。眼见天黑了下来，雨滴也一个劲地击打玻璃，女人一脸的焦急，说，停下吧，都跑一天了。

男人打着哈欠，脚下的油门没松。这儿出过事，得赶紧离开！说着，他从副驾驶旁的陶罐里抓了一根腌尖椒，驾驶室里随即就溢满了酸咸味道。男人咂嘴，辣，真他妈辣，过瘾。

粗俗的话语，在男人疯长的胡子上滴落。女人想用手去触摸，却因平时太亲近了而尴尬地收回。两口子一起跑车，有时候就是这样，非常没意思。女人也不想这样。家里老的老，小的小，都离不开她。庄稼地里，也少不了她。可男人的生活、男人的辛苦也需要她一起感受、分担、见证，不可或缺。

男人租了镇上老板的一辆大货车，穿省过市，没日没夜地在公路上奔跑。辛苦是这行业的基调，但比不了三番五次被撬油箱的痛楚。近小半年的时间，男人的大货车几次被人抽空油箱，虽然报了警，可警察来了只做登记，了解情况，然后就都不了了之了。有一回实在生气，男人抱怨，非但没博得同情，反引得警察反复盘查，询问出行的各项证件、手续是否齐全。光天化日下，男人灰溜溜的，有种被下套的感觉。

女人决定和男人一同跑路，照顾男人，保证油箱完好。

男人将车停在国道边一处开阔的地方，女人迅速生火做饭。男人四下里转，以此活动身子，等男人回来，饭菜香味已在夜色里升腾。吃饭的时候，女人和孩子视频，饭就吃出了和在家里一样的味道。

女人第一次陪男人跑车是两个月前，车离家已好几千公里。晚上，男人吃完了躺下，她则保持警醒。天上的星星看得很真切，看着看着，女人就觉得天地很近，近得安然而静谧。驾驶室空间不大，女人轻轻依偎在男人身边，尽可能蜷起身子，好多给男人一些地方放松身体睡觉。半夜里，女人迷迷糊糊听到车外有动静，想着坐起来，下车去看看，可眼皮就是睁不开。等天出了亮光，她才缓缓清醒过来，慌忙跳下车，油箱盖是开着的，大半箱油没了。

男人没说什么，只一个劲安慰女人。这样的事，跑大车的都遇到过，只要人安全就好。女人一个劲自责，好几百块钱就没了。男人笑笑，人没事就好，这个地方的人智商高，用上了迷药。记得去年有一回，半夜里，车门被打开了，一把刀子正顶着胸口……

女人一把捂住男人的嘴。男人岔开话题，笑笑说，媳妇，说的不是我，是隔壁村一样开大车的大志。

男人一口洁白的牙闪着温暖的光。女人沐在光里就浑身无力，赶紧扭过身，眼泪在眼眶里打转。她清楚地知道，虽然可以在驾驶室里和男人一起躺下，但这一路上，她做不到躺下安睡。

随后，女人决定晚上睡在油箱上面，好让男人踏实睡觉，养足精力，转天平安前行。在没有绝对保障的情况下，一切只得自己想办法解决。

男人比照油箱的模样，结合油箱的空间位置，裁剪出一个厚厚的纸箱垫子，之后在上面垫了两床厚厚的褥子。男人决定自己先试睡，刚一躺下，女人就翻白眼，说了你是爷们，睡好才能跑好路。我没什么事，白天困了可以在车里睡。

星光静静地在天空织着美丽，虫蛾缓缓地在身旁环绕飞翔，女人安静地躺下，她知道男人这个时候还没睡着，想着轻轻敲敲油管，让声音传到驾驶室，传到男人的耳朵里，然后一起听自然，听生活。

女人没有敲响，只是拿手触摸，拿指甲轻轻划动着，按照音乐的谱子，一个音符接一个音符地奏响。

油箱上的女人，轻轻地掖了掖被子，想着男人该睡着了。开大车的男人太累，得养足精力，明天好平安地跑路。国道费时费力，但相对省钱，减少点成本，就能多赚点钱。

女人的手，细腻地沿油箱一寸一寸地探寻，在上锁的油箱盖上停留。那儿已经擦了又擦很干净了，可以放手与之彼此亲近。

女人轻轻地蠕动着，好让身子以最舒松的方式，来适应油箱上的空间。好一会儿，女人拽过被子，将油箱盖盖上，然后手也轻轻放在上面。这样的亲近，不由得让她想着在驾驶室里的男人。

此时，男人该是安静地睡着了。

睡吧，我在你身边。女人轻声呢喃。

镜中的琴

曾　龙

　　凌晨两点。我匆忙打开蓝牙耳机盒，将耳机塞进耳朵，四周瞬间响起摇滚乐的轰鸣。

　　我打开房间，兴奋地冲到酒店楼下，拨通琴的电话。电话那头传来一个愠怒的声音，琴被我的来电惊醒了。

　　"下来"，我命令道。琴不情愿地穿上衣，下了楼，连打着哈欠。我说要带她去我儿时居住的地方看看。

　　我们一路走着，并肩无言。凌晨的都市格外寂静。我转过身，望着木然行走的琴。

　　"你知道我为什么现在找你吗?"我狡黠地笑起来。琴转身瞟了我一眼，不耐烦地摇摇头。

　　"因为病，我一直以为写作能治愈我的穷病和心病，但真正的症结不在于病，而是自我实现。我才恍然这么多年所做的一切，那些不断地折腾、尝试和反叛，其实都是在寻找自我。那个隐匿在命运深处的内核，不断地在对我进行引诱。这是我想见你的原因。"

　　我和琴相识于八年前，我们为复读班同学。高三时，我和班上同学关系剑拔弩张，在一次激烈的冲突后，我中途转到了复读班借读，不久，认识了琴。琴性情活泼，面容清丽。她先前就读于一所著名的县一中，后来因高考失利，来到我们学校复读。起初，我对她印象并不深。

　　那时，我每天都在大课间捧着一本诗集，站在教学楼下诵读。咆哮的诵读声，每日都会引得教学楼的窗边聚起一层黑压压的人。所有人都认为我疯了，唯独琴不然，她每天都会在我读诗之际，安静地坐在一旁聆听。这样的关系使我们日益亲近，她告诉我，欣赏我是因为她在高中时也被众人排挤，每日孤身一人，所以她能感同身受。我们都有病。

临近毕业时，琴递给我一个本子，说是送我的礼物。我翻开，读过才知是她写的一篇小说。主人公是一个疯子，每日不分昼夜地在精神病院里诵读自己的诗集，那诵读声像暴风骤雨，又像对命运的怒吼。疯子沉浸在自己的世界，为诗歌献身，却让周围人日益反感。后来，精神病院院长趁疯子睡着，偷走了那本诗集，将其扔进火中焚毁。疯子醒后，寻不见诗集，便在哀号中咬断了自己的舌头。

高中毕业后，我和琴见过几面，但交流不多。融入社会的熔炉，我变得不再像高中那样锋芒毕露，棱角分明。在一次次生存的锻造中，我被挤压变形，日益油滑讨巧、八面玲珑。

那些不能产生价值的事物，通通被我荒置扔弃。我变得虚浮、势利，不断用金钱和虚名填补欲望的深壑。读诗，这支撑我走完苦痛青春的仪式，越发让我觉得像一场滑稽的戏剧。琴的小说变得像一篇寓言，被我日益演绎出截然不同的版本。

沉溺在虚妄的生活中，我渐渐失去内核和重心，变得虚无麻木。琴开始频频出现在我脑海，每当我感到茫然与苦痛，就会情不自禁地点开她的微信，期许得到交流和抚慰。然而，那些强烈的渴盼总会在一次次的踟蹰中灰飞烟灭。

前不久，深圳的一家出版集团举办城市写作营，召集全国的写作爱好者来深圳交流学习。见到消息，我立马将链接转给琴。琴正被生意的事搞得焦头烂额，加上数年未见，刚好想借这次机会做下休整。

琴报了名，不久，就收到了录取通知。数日后，我去机场接她，琴在成都候机，一夜未眠。一见面，我就惊觉她苍老了许多，脸色黯淡，双眼无神，双颊密布着痘粒和斑点。见到我，她嘴角强挤出一丝笑靥。我连忙将琴带去我的住所旁吃饭。

点完餐，琴忽然大笑起来，说自己创业后变化很大，早已不再写作。这次写作营投的还是几年前的旧作。

我听后，心中隐隐作痛，接着琴的话调侃起来，"没事，能赚钱就行，当不了作家可以做富婆。"

"快亏死了，还富婆呢。这几年行情不行，货一直卖不出去，你看我这个月要还的款。"说时，琴打开手机，屏幕上滑出一连串数字。

我收回目光，默然。

"我们有五年没见了吧，这几年我不知道在干什么，整日浑浑噩噩，生意没成功，写作也放弃了。还好你一直惦记着我，有好事还会跟我分享。"

我望着琴，眼前闪现出一幕幕过往的剪影。是的，我不知道自己为什么没忘掉琴，尽管我们已多年不联系，走上了截然相反的道路，但仿佛有一根线，在岁月的风浪间无形牵动着彼此。

"有烟吗？"琴望向我，咧了咧嘴。

我吃了一惊，摇摇头，"你怎么开始抽烟了？"

"这两年学会的，最开始抽的时候，觉得很呛。后来慢慢习惯了，每次抽的时候我都感觉很放松。"

我起身给琴买了一包烟，饭后，我们在大街上散步。到了湖边，琴点燃烟抽起来。微风浮动，一抹阴云在琴的脸上划过。

"你还记得我高中时跟你说过，我们都有病吗？这些年，我无法摆脱自己的病，它无时无刻不在撕咬着我。不过，我现在感觉走出来了。前几年，我在云南的一家客栈认识了现在的男友，我们一起去成都创业，在那里安家。生活日趋稳定，我感觉从我男友那里找到了安全感，他治愈了我。但我男友是个世俗的人，他反感我写作，认为写作带来不了任何经济利益，加上这两年生意难做，我的生活又开始动荡漂泊。"

我望着湖面，湖水在夕阳下泛动着金色的斑点。琴继续说起来：

"这几年，我经历了很多，许多事说出来可能你会觉得难以置信。虽然生活一团乱麻，但我这次铁了心要从成都出来找你。你是我生命里为数不多重要的人。"

"你平常在手机上也可以跟我说，我同样有很多事想对你说，但每次想找你时都犹豫不定，我们活得太过泾渭分明了。不过，我一直都将你的微信置顶。"

琴笑起来，露出一副怀疑的神情，打趣要看我的手机，转身又望向湖面。我原以为琴会跟我继续说她这些年的遭遇，她却话锋一转聊到了高中时的一些趣事。天暗下来，我叫了辆车，将琴送回酒店。

一周的写作营过得很快，结营的那天，琴对我说此行收获很大，明白了回成都后该过怎样的生活。我带着琴去当地最繁华的商场吃饭。饭后，我望向琴，发现她的眼角湿润，我问怎么了。她摇摇头，苦笑起来。

我领着琴往前走，带她参观我父母经营的小店。我一路向琴介绍着周围的物是人非，直到累了，我们在一处烧烤摊前坐下来。旁边的夜店传出音乐的轰鸣。

"其实我把你从成都叫过来是有私心的。这些年，我不停地旅行，做各种疯狂的事，但我不明白其中的意义，我需要一个答案。这也是这么多年始终忘不掉你的原因。因为每个人都需要一面镜子，凝视那面镜子越久，里面的自己也越纯粹。"

琴听完，从口袋里摸出烟，抽了起来。

我开始诉说过往的经历，像名法医，对做过的事条分缕析地解剖背后的逻辑与条理。琴耐心听着，手中的香烟熄灭又复起。

漆暗的夜透出几缕光亮，我这才想起琴要搭清晨的飞机，连忙将琴送回酒店。

我叫了辆车送琴去机场。琴上车后，一路侧着脸，望着窗外。我打量着默然的琴，忽然间感到有些陌生。

掌勺人

周福泉

夕阳染红了羊望镇，大街上人来人往，好不热闹。这个时辰，店铺生意最红火的，还数朱怀武的"朱记羊肉铺"。

这家饭铺传承祖上手艺，在古镇有了好些年头。据传，那块门板大的金字招牌，是省城一位名人的墨宝。朱怀武既是厨师又是老板，人称朱掌柜，他的拿手菜是爆炒肚片、红烧禽口、凉拌羊杂。馆子从东山里买来纯正红山羊，煮炖出来的肉，细嫩可口，不腥不膻。羊汤肥而不腻，乳白透明。人们奔的，多是那锅肥汤，一碗肉汤伴着两张烧饼下肚，可回味三响。镇上过路客很多，酒足饭饱后，大都舔着嘴唇，竖起大拇指。因此，这家饭铺叫响运河两岸，声誉扩散鲁南十里八乡。

这年秋天，饭铺里来了一位身穿细布长衫的中年男人。只见他落座许久，不点菜，不叫酒，只是品着绿茶，静观满堂的食客。

朱掌柜看此人不俗，过来打招呼。中年男人说，您这羊肉七成出锅，回锅至九成才是绝佳呀。朱掌柜一听是行家，便附和道，您说得有道理，火候就在那一成上。中年男人笑了，转开话题说，您家大公子学贯中西，在省城学界大名鼎鼎。可惜呀，二公子痴迷拉魂腔，离家这么久，还是杳无音信。

朱掌柜愕然，这位先生对自家状况竟了如指掌，便没法接他的话题了。中年男人呵呵一笑，说道，您这百年老店，恐怕是后继无人呀！朱掌柜脸色一沉，像鱼刺卡在了喉咙，这可是他的心病。

中年男人说，老哥，我想盘下这块老匾，如何？朱掌柜笑了笑，没有搭话。中年男人抿口茶，说，您可以出个高价。朱掌柜淡定地摇了摇头说，这不是钱的事。中年男人说，您的意思？朱掌柜抬头看了匾额一眼，意味深长地说，这饭铺之所以能支撑三辈人，靠的就是饭铺里有一位掌得稳炒勺的人。中年男人摇摇头，一步三回头地离开饭铺。

眼看朱掌柜年事已高，掌勺力度跌落下来，已颠不出天女散花般的洒脱。这些年，他先后招了五六个伙计，只有两个入了他的眼，他有意收他俩为徒。李大顺眼勤，嘴勤，脑瓜子好使，遇事一看就透，负责面上的应酬。郭二平手勤、脚勤，虽有些迟钝，但厨艺颇精。两个徒弟在朱掌柜的调教下，炖肉、熬汤都不会出半点差错。掌勺的关键时刻，朱掌柜会靠过来，拿起长勺，"啪啪啪"敲打三下铁锅沿，舀起六个佐料盆里熬好的汤汁，洒进锅里，"刺啦"一声后，一阵白雾腾起，肉香飘散出去。

朱掌柜拿这两个徒弟当亲儿子对待，兄弟俩学艺三年，明里眼观察，暗里脑琢磨，得了师傅不少真传。左邻右舍称，有这俩徒弟，朱掌柜的手艺不会失传了。

朱掌柜古稀之年，众亲择日给他祝寿。朱掌柜邀来镇上业内三五好友，说有要事商议。亲朋聚齐，他亲自下厨掌勺，瞬息颠出六道拿手菜，剩余的，交给徒弟料理。

朱掌柜在八仙桌前坐下，看了大儿子一眼。两人对视的瞬间，儿子收回歉疚的目光。朱掌柜叹了口气，知道祖宗传下的手艺不能指望他了。可惜这门绝活不能留在朱姓子孙手里，他心有不甘。

佳肴上齐，酒过三巡。众位夸赞，不愧名师出高徒。朱掌柜摇摇头，以表谦逊，说，岁月不饶人，这炒勺，我是掌不动了。随即，他叫来两位徒弟立在桌旁，看着供奉在案上的长勺，对亲友说，今天，我要把这勺子传授给他们中的一位。谁是将来的掌勺人，还需各位见证。

大儿子脸色红涨，低垂下头。众长辈面露惋惜，别有深意地点点头。大顺、二平站在师傅面前，面色激动，手脚拘谨。

朱掌柜对俩徒弟说，香菜是汤锅必不可少的佐料，都是咱后院种植的。种菜和掌勺一样，讲究一个心诚，要做到一个心细。你对它使假，它就给你脸色看。

俩徒弟看着朱掌柜，一脸虔诚，频频点头。

朱掌柜指着长勺说，我给你们每人十粒种子，一月之后，至少要生出七棵菜苗。谁的苗多、苗壮，今后就由谁来掌勺。

种菜如种庄稼，两个徒弟都不是外行。大顺心细，种子用水浸泡，加少许养料，种在了盆中。二平把盆土疏松得如案板上的白面，定时浇水施肥。

一个月过去，朱掌柜和众位长辈到齐。大顺端出陶盆，只见六棵香菜苗茁壮成长。大顺的脸上写着不安，他没有达到师傅要求。二平忐忑地抱出一个泥盆，里面连一棵苗芽也不见，他沮丧地望着师傅。

这时，朱掌柜哈哈大笑，脸上溢出欣慰的表情。他上前拉住面红耳赤的郭二平，把长勺郑重地交到他手里。众位长辈脸上一片愕然。

郭二平泪流满面，双膝跪地，给朱掌柜连磕了三个响头。李大顺喃喃低语，师傅，我的苗……

朱掌柜笑着掏出一把种子，用右手捏出几粒，轻轻碾压，种子碎成油末。他说，做人，还是憨厚些好；做生意，讲究的就是诚实。

众人恍然大悟。

李大顺回到家，沮丧地对中年男人说，爹，你明知他在种子上做了手脚，煮熟的种子压根生不出苗来，却给我换成咱家的种子。你盘店的心太急切，咱是聪明过头了啊。中年男人仰天长叹，天意呀！

朱记羊肉铺的生意一直红红火火。羊望镇的人都说，那位白发苍苍的朱老板为人很实在。有人抬杠说，他不姓朱，他是郭二平。

大　个

尚纯江

当大个站在我面前时，我一下子就喜欢上了他。你想啊，一米九的大个，在你面前"啪"一个立正："报告，尚队长，队员高威向你报到！"那站姿，那敬礼，那叫一个板正！标准！声音洪亮，字正腔圆，那叫一个干脆、利落！啧，啧。你再看看那长相，鼻直口方，眉眼棱角分明，身板挺直，膀大腰圆。是领导，谁不喜欢好兵！

何况，近来案件压身，几个命案没有头绪，弄得我心烦意乱，心想，给局长打报告要的那几个人，也不知啥时候能够批下来；警察学院毕业分配来的几个高才生，不知道这次能不能抢到手。上一次，局长说为了充实基层力量，警力下沉，几个学生都到派出所去了，我一个也没捞到，瞎忙活一场。

"尚队长，别发牢骚了，这次给你一员大将！"

政治部的李主任给我打过电话没多久，"大将"钟然就站在了我的面前。这叫我如何不喜欢他？

从此，每次发生案件，我都把钟然带在身边。特别是抓捕犯罪嫌疑人时，有他站在我的身边，我的腰杆立马就硬了许多。不是怕犯罪嫌疑人，我几十年的刑警生涯，不说闯过了多少枪林弹雨，但过的桥总比菜鸟走的路要多吧？啥样的人没有见过？啥样的场合没有经历过？你就看我身上的这几处刀疤吧，咱啥时候含糊过？那都是冲锋陷阵留下的！

不过，话说回来，有个大个子在身边顶着，心里就会好许多，那叫安全感。

我手里拿着检察院刚批捕的逮捕证，琢磨着怎么抓捕，怎么分配警力。

这是一个黑恶势力团伙案件。为首的叫邢福浩，是一名转业军人，据说他手里有一把枪。我一直在反复筹划抓捕方案，制订各种预案，生怕任何一个环节出了问题。凡事则预，不预则废，这抓捕犯罪嫌疑人，可是人命关天的大事。在这个犯罪嫌疑人面前，大个本身就有威慑力，他是一定要上的。他的人事档案里，记载着他在警察学院学习的成绩，枪法、体能、散打全优。

"大个。""到！"钟然那天报到之后，我就叫他大个。大个不但人高马大，有把子力气，而且现场勘查、侦查破案也有独特思路。有人说，大个心实。几天接触下来，我更相信这句话了。

"带好你的全副装备，马上出发！"在那个伸手不见五指、抬头不见月牙的深夜，小北风卷着雪花，飘飘洒洒，万籁俱寂。

我带着一干技侦人员向邢福浩的老巢扑去，大个紧紧跟在我的左右，须臾不离。

警队占领制高点，狙击手占据有利位置，特警破门，武警持枪警戒，大个及其他刑警队员全体突击。整个过程谋划周密。如果不出意外的话，抓捕工作应该是顺利的。

抓捕也正是按照计划进行的。

不过，也就是这个"不过"的意外，打了我一个措手不及。特警破门突防的一刹那，恰巧碰上到卫生间撒尿的邢福浩。他发现了我们，看到人高马大的大个愣了一下，大个也愣了一下，持枪的手有些发抖。就在大个脑袋发愣、手发抖的那一瞬，我看见邢福浩拔枪对准了大个。说时迟那时快，我迅猛伸手，拉了大个一下，身子挡在了大个的身前。

枪声响了两下。一声是邢福浩的，他打中了我。

一声是我的，我打中了他。邢福浩被我一枪毙命，而我的左臂粉碎性骨折，臂丛神经被打断了。虽然手术保住了左臂，但左臂落下了终身残疾。

案件结束后，大个被处分，调出了大案大队，派到一个边远派出所当了内勤。

我向局长抱怨说："这么个人才放到一个派出所当内勤，等于毁了他，可惜了。"

局长摇了摇头，瞪圆一双大眼，说："就这还是轻的！他毁了我一员大将！那个案件后，你见过他没有？"

我摇了摇头，说："没有。"他被调到派出所以后，就像销声匿迹了一样，从我的眼前消失了。其实，我没有怪他，一点儿怪他的意思也没有。可是他，在我手术那天也没有露面。据说，他那天在家里哭得稀里哗啦、呼天抢地。

之后，由于工作原因，我被调到了另外一个城市。大个也渐渐淡出了我的记忆。

2021年秋，我在参加刑警学院的英雄事迹报告时，竟然在报告团的名单上发现了一个久违而又熟悉的名字：钟然！听主持人介绍，这个钟然很是了得，累破大案、要案，多次立功获奖。

听了主持人的介绍，我见钟然的心情更加迫切了。我要听他说说，他是如何做到这一切的。

三个失眠之夜

刘丙绪

儿子上班五年了，没回过一趟家。

老胡的老婆很想儿子，想去看看儿子的吃住情况，看看儿子胖了还是瘦了。可是，要坐很长时间汽车和火车才能到儿子那儿，她晕车。那年，老胡领她去县城，坐了没多长时间汽车，她就晕得厉害，想吐。无奈，两人半道下了车。吐了一通后，她还觉得天旋地转。老胡搀她到道旁树荫下，休息了好一会儿，她的脸色才没那么蜡黄。

老胡也想去看看儿子，可是，他不愿意请假脱工。这些年，老胡一直在县城的一个建筑工地打工，就是过年也要在工地看管东西，干些零活。如今，农村的小伙子要想娶个媳妇，太难了！女方要求男方有小轿车，在城里有房，还要大笔的彩礼……儿子还没成家，当父母的不节省、不抓紧挣钱行吗？

终于有一天，老胡决定去看儿子了。

这天晚上，老胡本想好好休息一下，可就是睡不着。他想到，本村有几个大学毕业后在城市工作的孩子，几乎都不欢迎父母去看望他们，因为父母是农村人，穿得土，不会说话，他们生怕父母给自己丢人。老赵的儿子找了个城市姑娘，结婚时，只在家里住了一晚，儿媳就非要走，嫌吃饭不讲究，嫌没有卫生间。后来，老赵和老伴去看了他们一趟，儿媳却让他们老两口在饭店吃饭，在宾馆住宿。老胡想，如果自己的儿子也变成了白眼狼，他就和儿子断绝父子关系……

第二天，儿子见到父亲，很高兴，挽起父亲的胳膊说："爹，走，门外就是大饭店。"

老胡说："下了车，俺想你早吃过饭了，就在小吃店吃了碗拉面。"

儿子给父亲倒上水，问起家里人的情况，老胡一一回答后说："都好着呢，就是你娘整天惦记着你的婚事。你都三十岁了，在从前，就是半辈子……"

儿子笑着说："我不是打电话让你们别操心吗？爹，你已经有了准儿媳了。"

老胡问了一些那姑娘的情况。

"爹，你洗个澡，早点休息吧。"儿子放好铺盖，看看表，"我今晚还有个会议，就不陪你了，刚好有个同事出差了，我到他那里睡。"

这时，儿子的电话响了。儿子讲着讲着，把手机递到父亲面前："爹，你准儿媳要跟你说话。"

"伯父，今晚我值夜班，就不去看望您老人家了，明天上午在饭店为您接风洗尘……"老胡不知道说啥好，只是"嗯"了两声。

这天晚上，老胡又失眠了。老胡想，虽然儿子年纪轻轻就被提升为技术科科长了，可准儿媳比儿子的学历还高，她是大医院的医生，爹娘又都是国家干部。她为啥看中了在农村土生土长的儿子呢？莫非她长得丑？莫非她有什么残疾？她会不会是个花钱像流水的姑娘？儿子的钱是否让她控制住了？明天她要是狮子大开口地提结婚条件，那该怎么办呢？……

第二天早晨，老胡把自己的所想说给儿子听，儿子笑道："爹，你想那么多干啥。儿挣钱的第一年，往你的手机里转过两次钱，可你就是不收，说以后花钱的地方还多着呢，让我自己攒着，再转，你还是不收……"

在饭店吃饭时，准儿媳说："伯父，您上了岁数，您儿子给您打电话让您别去打工了，花钱他管，可您为啥不听呢？"

老胡说："如今，种地、收庄稼主要靠机器，一年忙不了多少天。庄稼人，不干活就浑身不自在。"

吃罢饭，儿子和准儿媳领老胡到了一个大商场，要给爹娘、哥嫂和哥嫂的孩子买东西，老胡不让，两人非要买。吃饭和买东西，准儿媳和儿子都争着让服务员扫自己的手机。准儿媳临走时说："伯父，我爸说明天下午就从省城开会回来了，说让您晚上到我家做客。"

儿子长得俊，准儿媳更俊，而且一口一个伯父地喊，喊得老胡心里暖洋洋的。

这天晚上，儿子加班，又没有陪老胡睡。老胡反反复复地想，那姑娘的爹是个大官，到了她家里，跟人家说些啥呢？要是她爹娘看不起农民，该怎么办呢？……

要动身去姑娘家中时，儿子说："爹，你换上新买的衣服和鞋吧。"

"不换！"老胡态度坚决地说，"她爹娘要是看不上爹，这门亲事爹还不同意呢！"

儿子知道爹的脾气犟，笑笑，没再说什么。

门虚掩着，听到脚步声，老史和老婆慌忙出门相迎。

系着围裙的老史老婆说："你哥俩先说会儿话，饭菜很快就好了。"

儿子放下刚买来的一兜水果，和准儿媳到厨房帮忙去了。

老胡突然忘了前晚想好的客套话，张口就说："婚姻是人生大事，自古以来就讲究'门当户对'，俺是农民，没楼没车。"

"大哥呀，往上查，谁家不是农民？没有伟大的农民，我们靠喝西北风活？没有农民工，我们能住上楼房吗？至于以后买房买车，那是他们自己的事，咱们不用去管。"老史将水杯端给老胡，"大哥，你是个好人哪！听你儿子说，你邻居陈老师退休后，要把老家的房产卖掉，去城里的儿子家住。你东借西凑，才买下了陈老师那全院。"

老胡说："可不是，那时俺想，二小子要是考不上大学，就要和他哥一样，在家种地。买下陈老师的房产，以后弟兄俩分家，好一人一个院。这样，俺二小子也好找对象。"

"可是，你儿子考上大学那年，"老史也喝了一口水，"陈老师和老伴却从儿子那里回来了，说把卖房款给了儿子，把孙子孙女带大后，儿子和媳妇就开始嫌弃他俩。陈老师到你家，请求把房产还给他们，以后用他的退休金慢慢还账。你二话不说，邀请他们住在你家，把钱留着治病养老。"

"这小子，给你说这些干啥！"老胡的脸有些红。

老史老婆端着两盘菜走进屋，说："有其父必有其子，大哥，你培养出一个好儿子呀！"

这天晚上，儿子和爹睡一块儿，想好好说说话，可是，老胡头一沾上枕头，就呼噜噜睡着了。

同样一件事

李　蓬

　　这天，林芳刚走进办公室，就接到陆兰的电话——邀请她去参加儿子黎文成的升学宴。林芳挂断电话，没有对这个已有七年时间未曾联系的前同事的突然邀请表示不满，她只是感到有些奇怪——印象中的黎文成似乎有些傻，咋可能考上名牌大学呢？

　　林芳只见过黎文成一次面，那时她还没有移居到现在居住的这座城市发展。当时她与陆兰既是同事，又是好朋友。有天公司搞团建，要求把家里人都带上，陆兰和林芳就都带了老公和儿子参加。大家在一家景区饭店里吃饭，出来的时候，看到有个老头儿在门口不远处行乞。这种情况，大人都是见怪不惊，装着没看见，直接就走过去了。唯独黎文成来到老头儿面前，从包里掏出百元大钞，投到了老头儿伸过来的破缸子里。

　　行人见一个十来岁的孩子居然如此大方，都忍不住惊叫起来，陆兰也注意到了儿子的举动，怒气冲冲地走过来，推搡了一下儿子："我给你说过多少次，爸爸妈妈挣钱容易么？再大的家也会让你给败完。"

　　陆兰强行从老头儿的缸子里拣出来那一百块钱。老头儿可不干了，抓住陆兰不放。其他人也都盯着他们。陆兰涨红了脸，最后从包里掏出一张五元钞票，厌恶地扔进缸子里，老头儿这才松手。

　　陆兰不解气，她大声对儿子说："你看你，不好好学习，长大后就只能当乞丐。"

　　黎文成毕竟只是小孩，他咬着牙，一声不吭，眼泪在眼眶里直转，眼看就要哭出声来。陆兰又教训他："你还好意思哭！一家人都围着你一个人转，成绩还那么差！"

　　林芳实在看不过去，便制止陆兰。正巧陆兰的丈夫从饭店里出来，他把儿子拉到一边。陆兰便向林芳抱怨："唉，我和他爸都是名牌大学毕业，这孩子咋就没能继承到我们一点儿基因呢？"

林芳安慰她说："孩子还小，大一点就好了。有些孩子小时候成绩不咋样，长大了，懂事了，知道努力，成绩也就跟上去了。"

陆兰说："你儿子的成绩咋就那么好？他不也小吗？"

林芳默然。整天下午，林芳都在听陆兰抱怨。后来林芳实在听不下去了，便转移话题安慰陆兰："你儿子很善良，他知道帮助别人。"

不想陆兰又抱怨起来："善良？善良有啥用？善良容易受人欺负。"

这事不久，林芳因丈夫工作的原因，离开了那座城市，在新地方找了工作。那以后，林芳与陆兰先还偶尔通通电话，但毕竟现代社会的节奏太快，两人渐渐失去了联系。不想这次黎文成考上名牌大学，陆兰通过电话发来邀请。其实林芳儿子在前一年已经考上了大学，只是林芳没有邀请陆兰。她觉得儿子成绩好，和陆兰的儿子不在同一个档次，通知人家，只会招人家烦。再则两人毕竟有好几年没有联系了，且不在同一个城市，人家赶过来也不方便。

林芳便与丈夫商量，说是要去以前工作过的地方祝贺老同事的儿子升学。反正儿子都在读大学了，家里也没多少事，丈夫便同意她一个人前往。

林芳见到了陆兰一家人，陆兰与她亲热得不得了。此时黎文成已经让陆兰扬眉吐气，因为他长成了陆兰期待的样子。陆兰还告诉林芳，现在她只要一到公司，便被羡慕包围着，这全都是儿子的功劳。当然，这些年，她也没少操心，幸好付出终有回报。

林芳便向陆兰道了祝福。陆兰还得招呼其他客人，便把林芳引荐给其他同事。反正有熟人在，林芳倒也不觉得无聊。

升学宴邀请了主持人。主持人将陆兰一家人请到台上，还让陆兰讲话，陆兰拿出事先准备好的稿子，热情洋溢地说了一大通，直说得所有人都热泪盈眶，让人深深地感受到了母爱的伟大。主持人不失时机地赞美一番，接着问黎文成："在你成长过程中，有哪件事最让你感动？"

黎文成扫了一眼宾客，缓缓地说："应该是我读四年级的时候吧，那次妈妈单位搞活动，要求家里人都参加。"

听到这里，陆兰便在台上用目光搜寻林芳，林芳心头会意——这准是那次陆兰的教育起了作用，"不好好学习，长大后就只能当乞丐"。

主持人顿时来了兴趣，继续与黎文成互动："说来听听。"

"那次吃饭出来，我看到饭店门口有位老爷爷，他瘦成了皮包骨头，手上青筋爆凸。他拿着一个破缸子向人要钱，行人都躲开了。我心想自己才在饭店里吃过大鱼大肉，于心不忍，便从包里拿出来一百元钱来——这钱是我爸让我买自己喜欢的东西用的——我决定将钱送给老爷爷……"黎文成徐徐道来。

主持人显然已经等不及了，急于知道下文。在场客人也在交头接耳："这孩子，从小就心眼好，这叫好人有好报。"

主持人问："后来呢？"

陆兰忽然意识到了儿子接下来会说什么，她有些紧张地扫了一眼林芳。林芳也立即明白黎文成将会说什么，她很为陆兰担心——要是儿子说母亲不让他捐那一百元钱，陆兰该多尴尬啊！

陆兰对儿子说："那些陈年旧事，你就不要说了。"

客人中有不知道事情原委的，纷纷起哄："说嘛，没关系。我们也正好拿来教育孩子。"

主持人以为陆兰不想让儿子宣传自己做了好事，可是这种事情值得提倡啊。他说："没关系，让他继续说。"

陆兰几乎向儿子投去了哀求的目光。

"后来，我爸爸告诉我，你捐给老爷爷一百块钱并不起作用，只能帮别人一时，无法帮他一世。从现在起，你应该好好读书，长大后好好报效祖国。只有祖国建设美好了，街上就不会再有乞丐……"

黎文成还想继续说下去，可是热烈的掌声把他的话彻底打断了。过度紧张的陆兰也松了一口气，她一下子晕倒在了台上。

杀　驴

李士民

那年的秋霜，要比往年来得早，我爹的眉头，却皱成了一团苦霜。我爹已经下定决心，准备杀了我家的驴子。

对于那头驴子，我爹又爱又恨。

没有无缘无故的爱，也没有无缘无故的恨。

中秋节的时候，大成叔要借俺家的驴子。大成叔是个脸皮薄的人，在俺家门前转悠了好几圈，才敲开了俺家的门，大成叔张了几次嘴，才说出了借驴子那句话。

大成叔不仅是俺家的邻居，还是对门，平日里，我爹待大成叔不薄，大成叔待俺家也厚道。前一段，大成婶上房顶晾晒玉米，摔伤了腿。摔伤腿的大成婶，中秋节想回娘家，于是，大成叔就来我家借驴。

大成叔的话金贵，我爹的话爽利。我爹说："自家的驴，啥借不借的，牵走就是了。"然后，我爹走进驴屋，特意给驴加草添料。

喂饱了驴，我爹还套好驴车，交给大成叔。大成叔嘴笨，感激的话想了一大筐，脸却憋得通红，一句话也没说出来，只是一个劲朝着我爹点头。

大成叔赶着驴车，穿过秋日里透亮的乡间，心里也分外亮堂。

到了沱河桥，驴子站在桥头，不走了。开始，大成叔还以为桥上人多，驴子不敢过呢，等桥上没人了，驴子还是愣在那里，一动不动。任凭大成叔左赶右追，前喊后呼，驴子像路边的一截木头桩子，毫无表情，就算大成叔扬起鞭子抽打驴子，驴子依然像茅坑里的一块石头，又臭又硬。

没办法，大成叔只好赶着驴车回村了，坐在后面的大成婶一个劲地抹眼泪。

我爹的脸挂不了，打了驴子三顿，饿了驴子三天。我爹打驴子的时候，恶狠狠地说："打死你个龟孙！"我爹饿驴子的时候，凶巴巴地说："饿死你个驴日的！"

让我爹更生气的还在后面。

收了秋，就要犁地了。

那天，鸡还没叫，我爹就起来了，喂饱了驴子，备好了犁子。

沱河堤岸下，有我家的一块田，方方正正的二亩地，是我爹的一块宝。夏天麦子饱满，秋天玉米圆润，每年，我爹都要精耕细作。

家有家邻，地有地邻。我爹赶着驴来到沱河岸边的时候，春生伯已经在地里吆喝牲口了。村里人都知道，春生伯家的地和我家的地挨着，每年，我爹都和春生伯较劲，看谁家的地犁得好，犁得快，比来比去，每年都是春生伯认输。

开始犁地了，我爹把鞭子甩得脆响，把犁子扶得笔直，翻起了一畦畦泥土，飘散着新鲜的气息，这时候的我爹，就像诗兴大发的诗人，留下了行行优美的句子。

犁地三圈的时候，驴子突然停在地中间，任我爹怎么赶，都不干了。摸摸浑身是汗的驴子，看着近处犁地的春生伯，我爹那个急呀，像驴子一样浑身大汗。那时，我爹挥舞着鞭子，使劲地往驴身上抽，抽一下，我爹就心疼一下，可是，我爹也没办法呀。

谁也没想到，那头驴子昂昂几声，扑通一声，卧倒在田沟里，彻底罢工了，我爹恨不得找个地缝钻下去。

所以，我爹起了杀驴之心。

听说我爹要杀驴，我娘躲在驴屋里，眼睛都哭肿了。我娘说，不是驴子不愿意干了，是驴子上年岁了。

回忆起来，这头驴来我家已经八年了，农忙的时候，驴子拉庄稼、犁地、打场；农闲的时候，套了驴子拉石头；过节的时候，赶了驴车走亲戚。至于给我家出了多少力，干了多少活，我爹算不清了，我娘也记不住了。

平时，我爹是个抠门的人，自己不舍得花钱，也不舍得往家里买好吃的，只是，我爹不亏待驴子，最好的大豆，留给驴子吃，最好的一间房，让驴子住。平时，我爹是个粗心的人，常常穿反了衣服，忘记了生日，只是，我爹照顾驴细心得很，吃的草，要淘得干净，喝的水，要烧得温暖，吃的料，要炒得喷香。

我弟弟两岁那年，我娘为了哄他，往弟弟嘴里塞了一粒花生米，哭闹的弟弟就卡在了喉咙口，憋得满脸青紫。我爹赶紧套了驴车，拉着弟弟到了镇卫生院。医生说，要是晚来一步，孩子就没命了。我爹说，多亏了驴子跑得快。

这次，驴子却丢尽了我爹的脸，伤透了我爹的心。

杀驴，选了一个漆黑的夜晚，我爹关严大门，捆牢驴子。

我娘蹲在堂屋门口，一个劲地擦鼻子。

我弟弟蒙着被子，把自己包成了一只蚕，像是睡熟了，也许是害怕。

等到下半夜，我爹开始行动，他把驴子的眼睛用毛巾蒙上，红着眼睛说："你可别怪我，我也是没有办法了。"

当我爹拿着一把长长的尖刀、准备杀驴的时候，我弟弟突然从被窝里钻出来，光溜溜地跑到了我爹面前说："爹，你杀了俺吧。"

我爹愣住了。

这时候，我们全家人都来到了弟弟跟前，抱头痛哭。

我爹决定免驴子一死。

我爹还对我弟弟说："以后咱们接着好好照顾它，像照顾你爷爷一样。"

月光爷爷

张益川

悦儿住在月亮村，一个离月亮最近的小村庄。

每当月光柔柔地洒下来，整个村庄就像一个在摇篮里酣睡的婴儿。月光白茫茫的，整个村庄也如婴儿的肌肤般晶莹明亮。风儿轻轻拂过的时候，藏在草丛里的萤火虫便悄悄漫了出来。梨树、桃树、杏树的香味也弥漫在山谷。

可美，可妙了。想到这儿，悦儿便觉得不那么怕了。

悦儿是趁爷爷睡着了，悄悄溜出来的。这是她第一次独自在夜晚出门。

出门前，悦儿的心，是从没有过的忐忑。她听爷爷说过，夜晚的山里有野狼。那狼的牙齿密密的、长长的，在月光下明晃晃的。任何被它盯上的猎物都跑不掉。想到这儿她不禁打了个冷战。

但一想到"月光爷爷"，悦儿便又浑身充满了力量。

"月光爷爷"是悦儿听村小同学说的。

悦儿不爱说话，一直都不爱说话。平日读书她也不爱与人交流。就连上体育课，她也只是呆呆地倚在老槐树边看。偶尔看到趣处，也只是浅浅地笑。

悦儿清晰地记得是狗娃说的。上体育课的时候，狗娃一只脚踏在槐树根上。那只脚上的鞋带像他脸上的鼻涕一样，肆无忌惮地散开着。他得意扬扬地拿着个物件，向一旁的臭蛋炫耀。

"见过没？这白天能出声，夜里还能闪光嘞。"

臭蛋把眼睛睁得鸡蛋一般大："我的天，哪来的神奇玩意儿？"

"哪来的？前些夜里我悄悄摸出去掏鸟蛋，回来的路上在槐花林碰到

147

位身穿蓑衣的爷爷。我问他好。那爷爷便说能帮我实现一个愿望。我随口一说想要个玩具。谁能想到？没多久它就出现在我家里了。"狗娃扯了扯脏兮兮的袖子，擦了擦手里的玩具。

"瞎扯淡，哪来的神仙爷爷。这山沟子只有野狼在等你。"臭蛋和一旁的小伙伴们起哄。

"爱信不信，自己寻去！"

别人不信，但悦儿信。狗娃说的这些场景，和爸妈以前说的差不多。爸妈说走出这个山沟子，外面的山沟子更大。不对，那叫城市。城里啥都有，有新衣服、彩色画笔，还有圣诞老人能帮人实现愿望。

悦儿还记得爸妈说过等梅花开了就回来，可她哭闹着不依。他们就说山里娃子的爸妈都去城里了，悦儿要和大家一样做听话的孩子。悦儿只好点点头。

想着想着，悦儿便到了槐花林。这时，槐花在半空中迎风而起，在月光下眨着眼。悦儿深吸一口气，那槐花的香味就像扑进妈妈怀里闻到的香味一样。

丁零零，丁零零，远远地，从山径里走来位披着蓑衣的老人。老人胸前有个铃铛，背上横着两根棒子，夜色下看不清面孔。

悦儿又吸了一口气："爷爷好。您能帮我实现愿望吗？"

老人点头。

悦儿不那么怕了，反而有些激动："能让我瞧瞧爸妈吗？"

老人一怔，便又点点头。

悦儿高兴得直跳："爷爷，您家在哪啊？"

老人指了指天上的月牙。

悦儿突然变得紧张起来："爷爷别指月亮，我妈妈说月牙会割你的耳朵，可疼哩。"

老人哈哈笑。随着铃铛声和笑声，他消失在槐花林里。

悦儿那晚一路哼着歌跑回家。月儿弯弯，妈妈的手腕是港湾；月儿亮亮，爸爸的肩膀是面墙……

悦儿看着熟睡的爷爷，轻轻帮他披了披被子。

后来，悦儿真的实现了愿望。她的枕头上多了一张爸妈的合照，他们头上的月亮和村里的一样圆……

这是多年后一位叫悦儿的支教老师跟我讲的。悦儿老师说，她的家乡月亮村地处深山，交通极为不便。村里的年轻人都外出打工了，只剩下年幼和年老的。但是夜晚常有野狼到村庄肆虐，所以身体硬朗些的老人便自发组织到山里巡逻，以防村里的老人小孩出现意外。

这所谓的"月光爷爷"其实就是这群巡山的老人，铃铛和木棒都是用来驱狼的。而所谓的愿望实现也是因为老人听到后，便告诉了各自小孩儿的家长。

悦儿老师还说，现在月亮村的交通便利了，野狼不来了。"月光爷爷"的任务也不再是巡狼了，而是担起了护林的任务，成了一支志愿者队伍。

我不由得竖起大拇指。

悦儿老师指了指月亮，远处月光皎洁。

我忍不住说了一句"好美"。

浓　烟

徐全庆

神差鬼使地，老万又来到山脚下。山还是青得那样透彻，满山的树呀、草呀都"哗哗"地摇动着绿莹莹的叶子，仿佛在鼓掌欢迎他的归来。

这儿是他曾经工作了二十多年的地方呢。

刚来当护林员时，他才二十多岁，眨眼间他就将近五十，由小万变成老万了。时间过得真快呀。老万感叹着，把电动三轮车停在山脚下，一瘸一拐地向山上走。

一进山，老万就又找到了当护林员的感觉。那时候，他每天吃过早饭就开始巡山，把管辖的区域跑一遍，就到吃晚饭的时间了（中午没时间回去做饭，只能带些馒头和咸菜）。晴天还好，雨天就很麻烦。若是下了雪，巡一遍山就需要几天。

辛苦就算了，关键是还有很多人不理解。有人在山脚下烧秸秆，放孔明灯；有人祖坟在山中，上坟时想烧点纸；偶尔还有游客想在山上野炊；这些都有可能引起火灾，都要制止。总有一些不理解的，要吵上一架才能解决问题。若是碰上盗伐树木和盗猎的，就不是吵架的问题了，有时会发生激烈的冲突，甚至要报警处理。他曾被一个盗猎的报复，门窗和锅碗全被砸烂了。

起初，老万不喜欢这样的生活，妻子更不喜欢。特别是儿子上幼儿园后，妻子工作忙，没时间接送儿子，想让他调个工作。他去找领导，领导就叹气，我也想给你换个工作，或者增加人手，这样你也能照顾照顾家，可咱缺人呀。

领导说的是实情，他知道，只好再叹一口气，回头再做妻子的工作。光做工作有什么用呢，现实中一大堆问题等着他和妻子一起扛，他却被困在山里打转。

他一遍又一遍地找领导。每次，领导都会许诺，一旦来了新人，你的问题我一定想法解决。

可总也不来新人。他只好一年一年熬着。

渐渐地，老万竟喜欢上这份工作了。山上的草木翁翁郁郁的，知名和不知名的野花全都像儿子满月时的笑脸。随处可见的野果他更喜欢。每次，他把摘的野果带回家，妻子和儿子都非常高兴，常把它们当作礼品送人呢。山上还有许多可爱的小动物，不时地在他眼前出现，好像是怕他寂寞，要陪他巡山呢。

为了它们，这山要好好巡。老万这样想。

二十多年里，老万管辖的区域没有发生一起火灾。老万自己也不知道，有多少隐患被他提前化解了。他也曾很多次从盗猎者的绳套和捕猎夹中救过野鸡、野兔、麂子。他还记得，给一只麂子包扎好、并将其放生时，麂子跑开十几米，居然转身冲他点点头。那一刻，老万决定要巡一辈子山。

可是他做不到了，他的腿在挑水时摔坏了。山上的生活很不方便，尤其是吃的水，要到三里外的小溪里去挑。那天刚下过雨，路滑。他一路都小心翼翼地，眼看要到住处时却滑倒了，他清楚地听到骨头断裂的声音。他的腿就这样瘸了。

巡山自然不行了，组织安排他去了山下的苗圃。那儿离家近，工作也轻松。别人说他这是因祸得福，只有他知道自己有多么遗憾。

他时常不知不觉就蹓到山脚下，又悄悄离开。他怕以前的同事看到他的瘸腿。

老万刻意避开以前的同事，慢慢地向山上走去。这山上的一草一木，还有数不清的小动物，都是他的老朋友呢，他要好好看看它们。

爬到半山腰，就已经汗流浃背了，老万停下来，扶着一根树枝向山下看。他喜欢这样向下看，特别是在山顶时，整座山都在他的视野里，那感觉很惬意。目光巡视到山脚时，老万身子一震，他看到了一股浓烟。

老万环顾了一下四周，不见一个人。起火了，他大喊了一句，也没人回应。不能等，现在还只是烟，一旦起了火，后果不堪设想。老万跌跌撞撞地向山下冲去。

没有路，老万也没有时间找路，只能不顾一切地往下冲。手和脸很快被灌木划破了，火辣辣地疼。老万顾不上疼痛，只想着尽快赶到起火的地点。

老万又一次摔倒，人像石头一样向山下滚去。他的腿再一次摔断了。

这天，老万坐在轮椅上，老婆推着他散步。老婆问，你能不能和我说实话，你这次到底是怎么摔的腿，我不信你是不小心。

老万犹豫了许久，说，救火。

救火？没听说森林失火呀？老婆说。

所以才不能让别人知道，丢人呢。老万忸怩着说。

老婆更加起劲地追问起来。

摔倒之后他才看清楚，那根本不是浓烟，是很多小飞虫在飞。老万说，太丢人了。

幸好不是失火，老万又补充了一句。

消失的她

徐建英

　　一路舟车劳顿，经大庾岭过梅关古道，行至梅岭时，夕阳已经西下。一个瘸腿的女人候在梅岭驿道边。看到我，她一崴一崴地迎向我："你终于来了！"

　　我意外，问："我们见过？"

　　她笑笑，没有答，伸手接过我的包袱，又一崴一崴地在前方引路。

　　我出生在临川的一个书香门第，三十三岁中进士，在外，略有几分薄名。此次往韶州，仅为一个梦而来。一个我无法说清的梦。梦里我听见有一个女人在唱："晓来望断梅关，宿妆残……"在一片开满梅花的坟前，这道声音真真切切，当我起身想追问时，她消失了。每夜如此，相同的梦境。那一大片开满梅花的梅林，声声悲怆的唱词，让我夜寐不安，最后只得任由梦境的牵引，一路向南。

　　走在我前面的瘸腿女人年约四十，她身着藏青色的长袍，发髻高挽，以一根木钗绾于头顶。我满肚子的疑问，正欲一吐而快，可无论我怎么追问，她只是背着我的包袱一崴一崴地在前方引路。我停下，她便站在前方等我。奇怪的打扮，怪异的行为，好在我并没有感觉到她对我有恶意。

　　在一座青灰的瓦屋前，她推开门，随之招呼我落座，为我打来热水，端上小粥和几碟素食后退下。连日的劳累，我也顾不上心中的疑惑，匆匆洗漱之后，桌上的食物很快被塞入肚里。抬头打量，屋子里的摆设极其简单，但让人感觉干净清爽。正堂设有香桌，案面有尊女像，似道非道，似尼非尼，模样俊秀，只是眉头深锁。

　　看到这尊女像时，不知为何，我的心莫名一痛。

　　走出屋外，借着将暮未暮的一丝微光，我走上了一条狭长的青色鹅卵石路，石道两旁，大片大片的梅花争相怒放，几缕梅枝垂向路阶，扭着腰在晚风中摇曳。在一处雕着牡丹花的八角重檐的亭子前，我收了脚，亭子的檐角向天飞翘，葫芦宝顶置于亭盖，八根朱红色的柱子，我颇为熟悉，千回百转，原来真是梦境中无数次出现的场景啊！

坐在廊栏的柱椅上，我睡意渐浓……

似乎听到有人在唱，声音哀哀切切："原来姹紫嫣红开遍，似这般都付与断井颓垣。良辰美景奈何天，便赏心乐事谁家院……这般花花草草由人恋，生生死死随人愿，便酸酸楚楚无人怨……"悠长的女音，声声直入心扉。我看不见她的影子，更看不清她的容颜。我尝试着走近，可每一次挪近，她便消失，那声音也离我远了。

一声长叹之后，我脱口而出："情不知所起，一往而深。生者可以死，死可以生。生而不可与死，死而不可复生者，皆非情之至也。"我的音落，女音止了，彻底消失在月色中。我踏着月色穿亭寻找，在一处静池边，几缕萧冷的风从池面吹过。风静了，池中有人影渐现，我看到一个皂袍老者立于池中，他须发银白，我凝望着池中的他，他也凝望着岸上的我。我动，他也在动；我笑，他也在笑。笑过之后，我俩同时寂然。

隐约间，又有声音起，有人在喊："梅郎……"

我竖耳细听，是喊我吗？显然不是。小可姓汤，字义仍。

声音又止了。月色渐冷，再往前走，是一片梅林，梅花在月下散发着暗红的冷光，风过处，一缕缕花瓣从树上坠落，片片如雪。

"原来你来了这处衣冠冢，倒让春香一番好找！"我陡然惊醒，发现仍置身在这廊栏的柱椅上。青袍女人不知何时立在我的身后。

"衣冠冢？"

青袍女人点点头，指了指不远处的一株高大的梅树。我惆怅转身，梅树下，果真有一坟丘。

"我家小姐寄梦春香，会有贵客来访，春香一早便来这古道等。小姐说了，人的情爱本自然，世间众生皆平等，先生若能帮帮小姐，让天下女子莫再遭情孽之苦，春香多年守这梅关古道，也是值了的。"青袍女人停了停，见我一脸疑惑，她揉揉发红的眼睛，继续说，"我家小姐当年相思魂断，梅姑爷掘坟开棺，小姐虽复活，但她三魂四魄俱损，不几年便香消魂逝，只余一缕香魂寄在这梅岭，我便来此处设下这处衣冠冢。"

我黯然立在坟前，脑中不时闪过那尊非道非尼的人像。回过神来，才发现嘴角发咸，脸颊有泪在淌。我愕然，世间情情爱爱，我从青年到白头，自感不懂，为何我亦如此伤悲？

青袍女人不知何时已离去。

"世总为情，人生而有情……"梅林里最后一缕残音随萧冷的晚风飘远，整片梅林泛起了涟漪，梅瓣飘落，片片如雪。

世总为情，人生而有情。我又似乎懂了。

万历二十八年，我辞了官，从此归隐乡居，据此段梅关古道奇遇，写下《牡丹亭还魂记》。

传　承

夏文兵

　　老赵的手艺是跟奶奶学的。那年月，农村家家户户的日子都好不到哪里去，办宴席更不容易。请不起厨师，大家就找村内会做菜的妇人掌勺。小镇四周全是湖荡，盛产藕。奶奶能以莲藕为主材，烧一桌不同花式的美食。

　　老赵打小嘴馋，爱帮奶奶打下手，慢慢也学会了做菜。出名后，他带着儿子小海到镇上开饭店，将跟奶奶学的手艺整理成一本菜谱——全藕宴，作为饭店的主打产品。店开了很多年，却一直不温不火。小海打算去苏南打工。老赵怕手艺失传，叫他留下。小海说："现在人的口味都刁了，谁愿意吃藕？您还是考虑换菜吧，否则饭店迟早要关张。"

　　这几年，小镇大力治理湖荡，引种新品荷花。生态好了，环境美了，游客也多了。赏完花，再尝老赵的全藕宴，绝配。全藕宴有地方特色，很多菜品有悠久的历史，申请了"非遗"。

　　全藕宴成了"非遗"，老赵的饭店火了。客人越多，老赵却越头疼，全藕宴的制作工序繁杂，很多菜的制作很耗时间。特别是"捶藕"这道菜，更需要提前准备，每天只能限量供应。

　　这道菜是全藕宴的精华，也是老赵的绝活。

　　取整支藕的中段，洗净刮皮，竖切成厚度均匀的八片。将每一片都放在案板上，用特制的松木榔头，轻轻捶打九九八十一下，八片就要捶上几百下。敲打的力道十分讲究，轻了，藕的韧性不能被唤醒；重了，藕片就断了。看似简单的捶打，很考验耐心，这是老赵说的"匠心"。捶打好的藕片被在面粉中轻揉几下，沾上适当的面粉后，投入滚开的油锅中，煎到两面焦黄捞出。再将这八片码好，摆成原来的样子装入盘中，连盘一起搁到笼屉里蒸。蒸到软硬适合时，端出，淋上秘制的桂花蜂蜜酱，加几颗彩色樱桃。这样，一盘酥软、黏糯、入口有脆感、淡雅中透着清甜的"捶藕"就做成了。一筷入口，顿觉大自然的美好在口中一一化开。

得知老爹的手艺成了"非遗"，在外打工的小海回来了。老赵的脸上荡漾着笑，似乎看到了希望。可小海根本就不想按老赵的古法来，总想投机取巧，还对老赵说："爸，您做事不能一成不变，要学会变通，很多工序不需要按古法来，工具也可以升级，用电动的，这样能提高效率。"

"不行。咱手艺现在是非遗了，所有工艺不能变，否则对不起这块招牌。"老赵坚决不同意。

"咱们是"非遗"了，就要扩大规模，多开分店，提高知名度。"

"不行，一个店都忙不过来了，再开分店，哪里来的人手？"

"咱们可以招学徒，教会他们，让他们去分店经营。或者招加盟商，我们提供技术，他们提供资金，所得利润按比例分配。"

"不行，这手艺只能父子之间传承。一些配方保密还来不及，能外传吗？我看你小子就是吃不得苦。"老赵生气地指着小海骂道。

一听这话，小海不乐意了，又跑了。

不少厨师想来跟老赵学个一招半式，都被老赵拒绝了；很多老板看到商机想来加盟，也被老赵一一回绝。随着热潮的消退，老赵饭店的生意又清淡下来。

一天，老赵饭店不远处新开了一家炸鸡店，开业当天生意十分火爆。老赵心想新店开张，很多是朋友来捧场，还有一部分人凑热闹，图个新鲜，红火不了几天，过不了多久，肯定是关张歇业，这样的店他见得多了。

然而，第二天，事情并没有如老赵所料。几个月后，炸鸡店的生意依然火爆，周末门口的大长队更是绵延很远。老赵有点纳闷，便去看看。他听排队的一个年轻人说："这个牌子是加盟国外的品牌。"老赵冷冷地说："那肯定是挂羊头卖狗肉。"年轻人反驳道："味道一样，我在其他地方也吃过。据说连锁店所用的食材、配方都是统一的，就连每道工序所用的时间都有严格规定。"

第三天，老赵挤到店门口，透过玻璃窗，看到店内烤箱、炸锅、煎锅等一字排开，每台机器上都有计时器显示屏。一位穿着花格子衬衫、戴着牛仔帽、打扮成西部牛仔样子的年轻人，根据计时器的提示不停忙碌着。老赵仔细打量着那年轻人，觉得很眼熟。等他转过身来，老赵惊呆了，那年轻人竟然是小海。

苏艾想发朋友圈

海 峡

　　劳累了一天躺到床上，是苏艾最放松的时刻，今晚窗外秋虫的声音真好听。苏艾打开微信朋友圈，上传了一张女儿的照片，并附上一行文字：中考成绩出来了，女儿又考了第一名。想了想，她又把文字删除了，这么值得开心的事，用这样的文字表达太普通了，应该像李俊放那样写点有文采的句子。可她想来想去也想不出更好的句子。

　　自从进入初中同学微信群，她和许多年没有联系的同学都加了微信好友。苏艾看到李俊放的朋友圈总是用一首小诗配一个图片，感觉人家的小诗总是配得那么贴切。如果初二那年她没有因为父亲生病而辍学，而是和李俊放一起考上大学，他会一直喜欢她，跟她结婚吗？应该会吧，她辍学后，李俊放还让同村的同学给她捎过追求信。如果自己也上了大学，还会连个朋友圈都发不好吗？不过，女儿以后不会像自己这样想说什么却不会表达了。女儿学习很刻苦，成绩一直很好，日后一定能考上好大学。

　　过几天就是女儿十二岁生日了，苏艾答应女儿一定带她去吃一次西餐，不为别的，只为给女儿一次吃西餐的体验。听人说，给孩子尽量多的生活体验，强过给她过多的物质满足。事实上，她一个月两千三百元的工资，也给不了女儿太多物质上的满足。不管如何，女儿今天已经成长为亭亭玉立的美少女，而女儿爸爸突发心脏病走时，女儿才五岁，瘦弱多病，想到这些，苏艾成就感满满。

　　女儿十二岁生日这天，苏艾匆匆忙忙跑到工厂大门口，女儿正站在门口往厂子里张望。看着女儿翘首期盼的样子，苏艾好愧疚。早不加班晚不加班，偏偏今天下班前临时通知加班二十分钟。

　　来到了西餐厅，苏艾却不知道如何点餐，只能坐在座位上等服务员。

坐了半天没人理她，苏艾就把早上带到厂里的午饭从随身的手提袋里拿出来。里面是一个用塑料袋装着的大包子，自己在家蒸的，韭菜馅的，还放了鸡蛋呢。苏艾本来想着自己先吃了包子，再带女儿来吃西餐，她只想给女儿点一份西餐，可是厂里临时通知加班，包子没来得及吃掉。苏艾怕女儿饿坏了，掰了一块递给女儿，韭菜的香味立马飘散开来，苏艾不由得吸了一下鼻子。一位服务员走过来说，这里不可以吃外带的食物，请您把包子收起来吧。女儿也红着脸说，妈，你干吗呀。苏艾把快要掉下来的韭菜馅吸溜到嘴里，望着服务员说，那我们点菜吧。服务员说，请您先把包子收起来。旁桌的小姑娘侧过头，看着苏艾手里的包子，用手在鼻子前扇着，一脸嫌弃，说，好臭的韭菜味。苏艾心想，韭菜味到了西餐店咋就变成臭味了呢？臭吗？苏艾把包子放到鼻子前闻了闻，自言自语说，不臭呀，很香呀。女儿要哭了，站起身说，妈，我们走吧。苏艾连忙对服务员说，我们点菜，我们点菜，但女儿已经跑到店门口了。苏艾举着包子追过去，心想，自己真没用，今天是女儿的生日，却让她丢脸了。追到门外，苏艾把包子胡乱装进手提袋里，装包子的塑料袋还在西餐店的桌子上。

女儿抹着眼泪说，妈，我不喜欢吃西餐，你带我去吃烩面吧，烩面便宜。苏艾也哭了，说，你都十二岁了还没有吃过西餐，妈不想让你有缺憾。说到这里，苏艾更心酸了，女儿的缺憾只是一顿西餐吗？女儿拉着苏艾的手，替苏艾抹去眼泪，说，妈，我什么都不缺，我有一个好妈妈就什么都不缺。妈，包子配烩面更好吃，我饿了，你带我去吃烩面吧，包子我们分着吃。女儿的话让苏艾一下子感觉好欣慰，虽然离女儿成年还有一大截时光，隔着这截时光，苏艾似乎已经看到了她盼望的好日子：懂事的女儿大学毕业了，有了体面又挣钱的工作，她也不用这么辛苦打工了。苏艾的脊背不自觉地挺直了。

这时，苏艾看到李俊放从停靠在路边的车上下来，同时从车上下来的还有一个高高瘦瘦的男孩。苏艾没有像以前在街上遇到李俊放时那样早早躲开，而是拉着女儿的手，昂着头走下西餐店的台阶。李俊放没有认出她，带着男孩与她擦肩而过。

晚上躺在床上，苏艾想起来，今天原本是要在朋友圈晒女儿吃西餐的照片的。

花　蝇

许　仙

我出生在某都市一幢时尚别墅的阳台。

六月的午夜，我和兄弟们从一个大花盆的泥土里钻了出来，借不夜城贼亮的灯光，迅速飞上生存地的最高处，栖息到阳台天花板上。

这个意识与觉悟，是我们与生俱来的。

我们在静静地等待。

尽管我不知道在等待什么。

玻璃窗外多了个刺眼的大红球时，女主裹了件又薄又白的睡衣，打开阳台门，顿时尖叫。

几位兄弟乘虚而入。

我看到了惨痛的一幕。

男主光身，赤脚，手握一样东西，蹦来跳去地冲我的兄弟喷射。可怜我那些兄弟，它们虽然天生会飞，但此刻距离出生才数小时，翅膀僵硬，飞行艰难，只能笨拙地逃亡。仅仅短暂的几分钟，它们无不坠地身亡。

一股浓烈的刺鼻味儿飘入阳台，令我感到恶心。

女主僵立在门里边，手舞足蹈，樱桃小嘴里发出刺耳的叫声。

男主顾不上穿戴，闪入阳台，推开一扇扇玻璃窗，继续向我们喷射。

我和几位兄弟转身就逃，不敢回头，那些滞留的兄弟会因固执招来怎样的命运？

从此，我混迹于日日更新的垃圾房，整日担惊受怕，在恐怖中苟活。

兄弟们却无不赞美这吃香喝辣的幸福生活。

难道我的鼻子出问题了？难道我不是它们的同类？就在它们争先恐后地逐臭时，我栖息在垃圾房顶上，悲伤，沉思，怀疑人生。我知道自己的渺小，以及天定的命运。我只是地球上一个短暂的过客，而且还是可恶、可恨的过客。但我想成为宇宙的一部分，而且是永恒的一部分。

有一天，我看着一群鸽子在天空飞翔，直到它们的身影渐渐消失。

那一刻，我所有的恐惧和忧虑都消失了。

我不辞而别，飞离都市，长途跋涉，来到天地广阔的农村。

我有幸碰到一位生活在农村的年轻同类，它把我带进了它的生活圈———一户农家简陋的茅坑。

哇！那么多亲人！

它们顶着红红的大脑袋，个儿比我大一倍，在茅坑里奋力讨生活，劳动的歌儿嘹嘹回荡。我害怕了，它们跟我不是一伙的。当它们纷纷抬头审视我、七嘴八舌地查问我时，我转身跑了。那位兄弟追上来，劝我："它们可和气了，不会伤害你的。"

我摇头："这不是我要的生活。"

这种生活还远不如我在都市时的。

它追问我要怎样的生活？

我一时语塞。

它自作主张地带我溜进农家主屋，摸索到灶头，问我这儿怎么样？

我不清楚这儿是干吗的，急忙巡视。它跟着我，一再提醒我小心，在这种地方讨生活是非常危险的。女主一天要过来三四次，被她碰见了，小命绝对不保。我转了两圈，闻到了熟悉的气味，原来这是垃圾房。

"这就是我在都市所放弃的生活。"我十分肯定地说。

"那你想干吗？"兄弟急了。

我谢谢它。我还是去别处转转吧，万一落难，再来找它。

面对它的热心，我措辞委婉。其实我就是死，也不要死在这种地方。

我独自走了。

我走向大自然。

那儿郁郁葱葱的植皮，像翠绿的地毯铺到天尽头。草地上有无数鲜花，有的艳如红酒，有的金光闪闪，有的五彩斑斓，高挑的树林像无数的太阳伞撑开在天地之间……我不断地飞，不断地观察，不断地寻找，我的生活在哪儿。

我见到了麻雀，它们身体强壮，天生勇敢，在各个地方跳呀，叫呀，寻找食物；我见到了其他鸟雀，它们在高高的树枝上造窝，繁殖后代；我见到了蛇和老鼠，它们爬行在植物下阴暗的角落，仗着自己是庞然大物，为非作歹；我见到了树根上的蚂蚁，它们异常亲切，它们就像一根绊在大地上的细线，不停地左右移动；我见到了蜜蜂，它们快乐地飞行在花丛中……

从出生到现在，我仿佛经历了几个世纪，直到见到蜜蜂，我的心被猛地一击，一下就蒙了。

它们就像纯洁的天使，浑身散发着甜甜的香味儿，太好闻了。

它们或三五成群，或三三两两，唱着赞美诗，优雅地穿行在花朵之间。阳光打在它们身上，闪烁着耀眼的光芒，快乐是那么简单。它们翩然于花朵之上，尽情舞蹈，拥有无穷的芳华。它们栖息在花朵中，无忧无虑地品尝花蕊，珍藏爱的甜蜜。它们受到人类的爱戴，把美丽、爱情和幸福融入永恒，生活充满了意义……

这就是我要的生活！

我泪流满面。我浑身颤抖。我激情澎湃。我振翅而起，带着前所未有的激动，颤颤巍巍地追随一只小蜜蜂，一头闯入花丛。从现在开始，我要学做小蜜蜂，降落在鲜花上，小心翼翼地钻入花朵，低头闻一闻浓郁的花香，沉醉如梦……

"哇！"我尖叫，"谁这么讨厌？"

我的背上被尖针刺伤了，疼痛难忍。

我扭过头去，不知什么时候，身后站着一只凶巴巴的蜜蜂，它的双翅如剑，暴突的双目愤怒值爆表，并大声地向我叫板。恍惚间，田野苍茫，终究高于我的幻想。另一只蜜蜂赶来了，又一只蜜蜂赶来了……我见势不妙，拔腿就逃。但它们穷追不舍，追杀我的队伍在不断地壮大。

它们都是为了抵抗外敌入侵而敢于舍生取义的勇士。

在逃亡中，我担心的并不是死亡，而是得救。

因为我找到了一种像宇宙本身一样宏大和永存的生活。

遭遇野牦牛

余显斌

去阿里的路上，已经是黄昏了，他很着急，车子飞快地行驶着，一不小心，冲出路外，他也被摔了出来，晕倒在无边的雪地里。醒来的时候，面前是一大一小两只纯黑色的野生牦牛，正甩着长毛，津津有味地吃着他背包中的糌粑。

他屏住呼吸，额头出汗了。

在藏地，野生牦牛跟家牦牛可不一样，性格火暴，动辄伤人，有时被惹恼了，甚至会喷着粗气，朝汽车冲过去。

他担心两只野牦牛袭击自己。

他顺着雪地悄悄爬着，像蜥蜴一样朝后退去，一寸一寸，退到一块大石后，躲藏在那儿，悄悄伸出脑袋观察着。两只野牦牛吃了一会儿糌粑，甩甩尾巴，叫了两声，抬起头望着远处的雪山，眼睛净蓝，没有一丝杂质，也没有一丝凶光。其中一只望着他，似乎没有打算冲过来，仅仅走动了几步，在地上留下几个脚窝。

他的心渐渐地平静下来，不再紧张，但同时感到，寒冷渗入体内，如同置身冰窖里。

雪山的夜幕逐渐降临，虽然仍然一片白亮，可是温度变低了。

他悄悄去到车旁，门能打开，他进去，开动车子，不知什么零件坏了，就是发动不了。他到处拾掇了一会儿，本来技术不行的他，等于白忙活，车子照样不动。车里此时如冰窖一般，简直快把他冻成冰棍了。他想，一夜过去，他一定会成为一具冰冻的尸体，或者成为雪中的冰雕，永远醒不过来。

他心中难受，想起父母，想起家人。

他有些后悔，不该出来，不该走上雪山，更不该为了赶时间，将车开得过快，以致如此。可是，一切的后悔，此时都无济于事。天是蓝的，就在头顶，蓝得透明，蓝得看不见底。一颗颗星星伸手可及，晶亮晶亮的，带着细碎的光芒，布满天空。这些光芒显得格外冰冷，如冰花一样。

他哆嗦着，缩成了一团，呼吸都带着冷气。

他抱着背包，可根本不起作用。

远处，在蓝光和白光的交错中，两只野牦牛黑色的剪影，显得格外清晰，格外显眼，连弯弯的犄角都能清楚看见。这一定是走散的牦牛吧，此时两只牦牛紧紧地挨着。他在雪域高原已经行走了一段时间，算得上半个高原人了，知道它们这样是为了取暖，为了御寒。

他心里突然一动，自己为什么不去取暖呢？

他怕牦牛顶他，伤害他。

可是，不去会冻死的。

时间，在慢慢地流逝着，天空蓝得静谧，星星格外晶莹，寒气如狼一般，围绕着他，侵袭着他，咬啮着他的神经，冲毁他最后的坚持。他终于忍不住了，心说，伤害就伤害吧，总比冻死好。想到这些，他咬咬牙，慢慢走过去，慢慢靠近两只野牦牛。那只大的抬起头看看他，在天光的映衬下，牦牛的眼睛净净的，也静静的，没有一点儿要发怒的样子。小牦牛已经睡着，发出轻微的鼾声。

他放心了，轻轻贴近牦牛的身子。

热气慢慢弥漫到身上，虽然还是很冷，可比刚才强多了。

两只牦牛的鼾声响起。

天空依旧蓝得一尘不染，好像亘古如此，远远看去，雪山在天幕下显得庄严、庄重，泛着洁净的光芒，和天光映衬着，也相互沁润着。

他一颗彷徨无助的心慢慢安静下来。

天慢慢亮了，他熬过来了，等来了救援的人。当听说他和野牦牛一起过夜、相互取暖、并支撑了一夜时，大家都睁大了眼睛，如听见奇闻一般，不断地发出惊叹声。两只野牦牛此时已经走向雪山的那边，太阳出来了，照在无边的雪地上，一片红白交杂。在雪山的山脊上，不是两只，竟然是一群野牦牛。那两只走散的野牦牛，显然已经找到了它们的同伴，回到了族群。

他很高兴，对着牦牛群挥舞着胳膊，大声喊着："牦牛，你好。"

他的声音在雪山上远远地传开，传向遥远的天边："你好，你好，你好……"

牦牛群慢慢远去，远去。

车子被修理好，可以开了，大家把车推到路上。他上车，车子开动，走远。他透过车窗回望远处，牦牛群的影子映衬在雪峰、天光之间，如雕塑一般。他想，他还会回来的，还会回到这片土地的。到时，还能和那两只野牦牛相逢吗？

那一刻，他流泪了。

学习微笑

闫耀明

看到那两个小混混从镇街上走过来，老杜的心闪了一下，脸紧起来。但是老杜没有办法阻止他们，只能看着他们一晃一晃地走进杂货铺。

"老板，拿两包烟。"细高挑尖着嗓子嚷道。矮个子则站在一边，四下打量。

老杜把香烟递过去，说："能不能……"

细高挑把烟塞进口袋，丢下钱，转身往外走。

老杜拿起钱，说："能不能……这只有一盒烟的钱。"

矮个子不耐烦地冲老杜瞪眼，叫："给你钱，就是照顾你啦！别不识相！"

一高一矮两个小混混晃着身子，走远了。

老杜冲着他们的背影瞪起眼睛，挥拳，左一下，右一下，想象着将自己硬硬的拳头砸在他们的脑袋上。

老杜在发泄自己内心的愤怒。

但是老杜的怒火只能用这样的方式来发泄，他不敢惹毛这两个小混混。细高挑曾警告过老杜，说他舅舅是驻高桥镇国军的排长，老杜要是不服，他就让舅舅来收拾老杜。

老杜不敢惹军爷，只能自认倒霉遇到这样两个小混混。他们每次来杂货铺买烟，都是拿两包，给一包的钱。

老杜心里的愤怒没有办法发泄，便只好冲着他们的背影瞪眼睛，挥拳头。外面兵荒马乱的，老杜找不到可以说理的地方。

这个杂货铺，老杜已经开好些年了。因为老杜为人和善，待人热情，面对顾客总是笑眯眯的，卖的东西质量好，价格公道，所以深得高桥镇人的好评。

镇街上熟悉老杜的人都说，老杜像他娘。老杜娘活着的时候，就是个笑呵呵的人，人缘很好。

老杜也有个好人缘，但是好人缘挡不住那两个小混混来欺负他。冲着他们的背影瞪眼睛、挥拳头，成了老杜唯一能做的事情。

时间久了，有人发现了老杜的变化。"老杜，你的脸……咋变了呢?"

老杜媳妇也说："哎，真的啊，老杜你的脸，咋不一样了呢?"

老杜吓一跳，到镜子前一照，惊讶地发现，自己的脸明显变了，变得鼓鼓的，胖胖的，比原来大了一圈! 还有，他的眼睛也变大了，而且突出了，不用瞪眼睛，他就是一副凶巴巴的样子，简直是凶神恶煞!

老杜原来的笑眯眯呢? 不见啦!

这可不是小事情，老杜蒙了。看着镜子里自己吓人的样子，老杜的心揪到了一起。他感到现在的自己，不是自己了，变成了另一个人。

看到那两个小混混从镇街上走过来，老杜的心不再闪了，他静静地等着。细高挑尖着嗓子嚷："老板，拿两包烟。"

老杜拿两包烟，却没有递过去，说："拿钱。"

细高挑一愣，拿出钱，丢在柜台上。

老杜一看，还是一包的钱。

细高挑要夺过老杜手里的烟，手腕却被老杜抓住了。老杜瞪着圆圆的眼睛，怒视着细高挑。"不给够钱，别想拿烟!"老杜的声音不高，却掷地有声。

细高挑扭了扭下巴，似乎牙齿被老杜的话硌疼了。

矮个子叫："咋，要动手吗?"

老杜不为所动，依旧死死地瞪着细高挑。

一定是老杜凶狠的样子把细高挑吓着了，他抓起钱，就逃出了杂货铺。"你等着，哼!"矮个子也跌跌撞撞地跑开了。

老杜依然冲他们的背影瞪眼睛，挥拳，左一下，右一下，想象将自己硬硬的拳头砸在他们的脑袋上。

下午，果然有两个国军走了进来。看见军爷，老杜很紧张，心突突直跳。

他们买了烟，其中一个说："那两个小子要是再来欺负你，你就收拾他们，别客气！"

军爷的话让老杜有点蒙。没等老杜弄明白咋回事，两个国军就走出了杂货铺。

国军走远了，老杜才醒悟过来。他没想到事情会是这样的。

此后，那两个小混混再也没有出现过。渐渐地，老杜对他们淡忘了。

可是，老杜的凶模样，依然如故。老杜不喜欢自己这副恶相。

站在镜子前，老杜觉得现在的自己真的不是自己了。"你是谁？"老杜问。可是老杜不知道镜子里的人是谁，反正不是自己，是另外一个老杜。老杜觉得这样不行，因为这不是自己，这个模样太凶了，太吓人了。镇街上的小孩子、胆子小的女人都不敢来买东西了。这样下去，生意还怎么做？

于是老杜对妻子说："我得把我自己找回来。"

可是，老杜不知道怎样把自己找回来。他心里一点谱也没有。因为镜子里的自己依然是一副凶神恶煞的样子。

忽然，老杜在镜子里看到了自己的娘。镜子里的娘还是以前的样子，笑呵呵的，看着老杜。

老杜突然明白了，娘虽然没说话，却在告诉他咋把自己找回来。

于是，老杜每天都在镜子前看着自己，学习微笑。老杜咧开嘴巴，让自己的嘴角上扬，让微笑把自己脸上的不祥之气挤出去。

老杜在心里说："娘，谢谢您！"

请为父母二十四小时开机

天　水

　　清晨，天还未亮，上海某大学研究生院，女生楼 F 幢 801 号宿舍里，几名女生还在酣睡，两名穿制服的警察和保安的敲门声，惊醒了大家。

　　藤娟正不知所措地揉搓着睡眼，警察突然叫起了她的名字，藤娟茫然，几位室友更是茫然。

　　我犯事了吗？我可一向遵纪守法，不玩网络游戏，没有网贷，更没有参与网络赌博什么的……藤娟像是在与警察争辩，又像在自言自语。

　　警察继续问，你没有事吧？

　　我没事啊？

　　警察说，没事就好，你妈妈还报了警呢！你怎么不接妈妈的电话？快给你妈妈打个电话报个平安吧。

　　藤娟虚惊一场，室友们虚惊一场，就连警察和保安都虚惊一场。

　　藤娟马上打开手机，几十个未接电话，大多是妈妈打来的。

　　藤娟第一感觉是妈妈在家出了事，几乎是哭着拨通了妈妈的电话。电话那头也传来妈妈的哭声。

　　藤娟问，妈妈，你怎么了？身体好吗？有什么事呀？

　　妈妈反问，我没有事，你有什么事吗？遇到什么困难了吗？……千万别想不开啊……

　　半天，藤娟才明白事情的原委，昨晚睡觉前，自己误拨了妈妈的电话，把手机静音后便睡觉了。

　　这个误拨电话却苦了妈妈，妈妈一直打女儿的电话，但都没有人接听，妈妈又尝试微信、QQ 与女儿视频通话，但女儿都没有接听。

　　妈妈就一直给女儿发消息、打语音，但没有收到一点回复。

妈妈这才后悔没有留女儿老师、室友的联系方式，以前总认为没必要，关键时刻追悔莫及。

妈妈甚至上网查学校的电话、研究生院的电话，可都是座机，不在上班时间，每一个电话响了几声后都和女儿的电话一样，一个女声说，你拨的电话无人接听，听起来都很讨厌。妈妈一烦躁，就更急了。

妈妈虽急，但没有失去理智，她想起自己唯一的弟弟，于是拨通了弟弟的电话。妈妈几乎是哭着告诉弟弟的。

舅舅也拨不通侄女的电话，安慰姐姐说，别急，也许是手机静音了。

折腾了几小时，舅舅建议报警。同时，自己看好第二天早上的飞机票，准备随时飞往上海。

事后，藤娟仔细查看自己的手机，发现母亲发的短信、留言、语音不下百条。

消息的内容多是：

女儿，有事吗？

女儿，女儿怎么了？

女儿，女儿，女儿遇到困难了吗？

女儿，女儿，女儿，女儿你怎么不接妈妈的电话？怎么不回复妈妈的消息？

女儿，女儿，女儿，女儿，女儿你急死妈妈了。

女儿，女儿，女儿，女儿，女儿，女儿……

到了后面，母亲还加上了几个大哭的表情。

越看，藤娟的眼泪越止不住了。

真想不到，妈妈在这几小时受了多大的煎熬。

爸爸去世早，妈妈没有再婚，一直以来，都是母女俩相依为命，特别是她读大学、研究生这几年，女儿远离母亲，在外省求学，母亲是天天给女儿打电话或用视频聊天，要是哪天不联系女儿，心里都像失去了什么似的。

那晚的一个误拨电话，更是牵动了母亲的心，藤娟发现，每个电话、信息的间隔时间都不足五分钟。

后来，藤娟把母亲的聊天记录截图保存，晒在了朋友圈，并且配语：请为父母二十四小时开机。

一时间，朋友圈点赞、留言数超过历史纪录。大家都纷纷说被伟大的母爱感动了。

而且，很多朋友都转载、分享了。

记者纷纷前来采访，母亲很平淡地说，全天下的父母都和我一样，只希望自己的孩子平平安安。

藤娟则说，这件事让我体会到：父母时时在担心我们，为我们二十四小时开机，我们也该为父母二十四小时开机。

一碗饺子

马文利

供暖季到了，独居的老爸还用炉子取暖做饭，万一煤气中毒咋办？

行驶百十多里，回老家见到老爸时，他刚吃过午饭。我问老爸："吃了点儿啥？"

老爸说："我，讲究着呢。买了肉，剁了大葱，包的饺子。不经意捏多了，还剩一大碗，你吃不？"

我说："我倒想吃，可肚子撑不下呀。"

老爸问："你怎么回来啦？"

我说："接您进城啊。"

"我不愿意跟你们一块儿住，挺别扭的！"老爸说。

"进城既省了煤钱，又为环保做贡献了，还能经常见芸芸，多好啊！快拾掇吧！"我劝说着，催促着。

"那我拾掇！"老爸听令而行，紧着忙乎了。

各种卡证收好了，现金收好了，衣服被褥收好了，粮油收好了，电闸拉了，水龙头关了，冰箱里干净了，连白菜和大葱之类也全装车上了……

"还有啥落下没？"我说，"若没啥，我锁门钉窗啦！"

老爸拎个包裹，巡查一遍，再巡查一遍，又瞄过厨房，说："该带的都带了，需要拿的都拿了，锁吧，钉吧。"

要上车了，老爸仍恋着院门，喃喃说："房子没人就空啦。"

我说："过年还回呢。"

老爸让我接到城里住下了。住是住下了，可晨起我却发现，他夜里似乎没能安眠！

我要上班去，老爸竟像孩子一样拦住我说："我还得回趟老家！"

"还回老家？"我诘问说，"您不是才来么？"

"才来，我就不能再回吗？"老爸不高兴了。

"没事儿您回去干啥啊？"我皱了眉头，说，"老家还有啥值得您牵挂的？还有啥值得贼惦记的？"

"我倒不担心贼，何况这年代也没几个贼了，只是……"老爸脸上表现出懊悔，说，"昨儿来得匆忙，我忘事儿啦。"

"忘啥事呀？"我瞅瞅手机上的时间。

老爸支吾半天，说："事儿倒不大，就是……就是……老家锅里还扣着一碗饺子呢！"

"嘻！"我扑哧笑了，说，"一碗饺子值得来回跑吗？我真没工夫，就是有工夫，光来回的油钱能买多少碗饺子啊？"

"也是，汽油太贵了！哎！"老爸惋惜地叹一声，说，"猪肉大葱馅的，一大碗呀！"

"算啦，什么馅儿也不值当啊！多大一大碗也不值当啊！你要不在附近蹓蹓腿儿，要不回屋内看电视，我再不走就迟到啦。"我说。

直到下午五点多，我才下班。一进家门我便问休假的妻子："老爸没出状况吧？"

"他？"妻子说，"你上午走没多会儿，他就推着那辆勉强还能骑的自行车出去了，现在还没回呢！你打他手机问问吧。"

"嘿，你这人儿！"我牢骚一句，慌忙拨打老爸的电话。

"锄禾日当午，汗滴禾下土……"童声的《勤俭节约歌》从我手机中飘扬而出——接通了。但几乎同时，家里的一个角落处也响起同样的歌声来。敢情老爸把手机落下了。

这下，我急了，说："他身上带没带钱？午饭能不能吃上？会不会迷路？"

"一个大活人，不傻不呆的，有脑子有嘴，怎能吃不上饭，怎会找不到回家的路？"妻子漫不经心地说。

"天将黑，咱还是去外面找找吧。"我说。

找了一大圈儿，打听了不少人，依然不见老爸的踪影儿！

"哎呀，他会去哪儿？不行，咱报警吧。"妻子蒙了。

"等等，咱先冷静，他出门时说啥话没？"我问。

"说啥话？"妻子回忆着，说，"他好像言语了句忘了事儿……"

"哦，"我猛记起那一碗饺子的事儿了，说："爸他可能回老家啦！这么远的路，他腿脚还不方便，车子也好闹毛病，咱跑一趟吧。"

百十里路，一个多小时车程，等我们赶到老家时，夜已深沉。

果然，老家的大门开着，老屋的灯亮着，那辆勉强能骑的自行车支棱在院子中。

我们悄没声儿地进了屋，见老爸正津津有味地品咂着一碗剩饺子。

想到老爸辛劳了一辈子，节俭了一辈子，瞬间，我热泪盈眶，轻喊了声："爸……"

老爸望向我们，呆住片刻，说："我本以为今儿能回的，不想车子坏了，一耽误便晚了。我会自个儿骑车回城的，哪用你们追来啊！多浪费油钱啊！"

"爸啊，为一碗饺子，您弄这么多麻烦，值得吗？"妻子抱怨说。

老爸歉疚地笑笑，说："无所谓值不值得，关键是我怕造罪呀！"

"造罪？"我怔了怔，妻子也一脸困惑。老爸的节俭我已领教太多，可把糟蹋东西说成制造罪过，我还算第一次听闻。我说，"爸啊，您这不是瞎咧咧吗？只糟蹋一碗饺子，干吗上纲上线，搞得好像挺严重呢。"

老爸说："从小啊，我母亲——你们的奶奶，就时常告诫我：糟蹋好东西就是给自个儿制造罪过，就是折损自个儿的福分。糟蹋好东西的人和事，老天爷都会让神明记录下来，都会找时候进行惩罚的。所以，我一直怕啊，真怕！怕给我自个儿制造罪过，更怕给你们制造罪过呀！"

妻子在一边嚷嚷说："您这是迷信，迷信！"

老爸笑了笑，说："我知道是迷信，但我还是愿意信，也希望你们信啊……"

哦，我懂了，我终究寻找到父亲连一碗饺子也不敢糟蹋的答案了！

归　来

阎秀丽

　　茂奎往手心里吐口唾沫，左脚向前抓牢地面，右腿向后绷紧，镐头高高扬起，落下，扬起，落下，一下又一下。地面上黑褐色的土壤翻出，散发出新鲜的泥土腥味。

　　这是茂奎家的一大片地，因为没人耕种，早已撂荒多年，成为老牛的乐园。茂奎迈开步子量了量，好像忽然想起了什么，抬头看着河对岸一排排的房屋。

　　整个村子静得让人心里发慌。

　　"哎！"茂奎喊了一嗓子。老牛回头看他，"哞"一声作为回应，又低下头，专心地用长舌卷食着青草。大概是牙口太老，那些青草从舌头底下滑出，一缕亮亮的涎水，顺着嘴角流下来。

　　茂奎把目光移向最东面一个院子，说："满仓两口子一大早也进城打工，走了，让人心里怪难受的，唉……"

　　茂奎叹口气，摇了摇头，拄着镐把，久久地凝视着那个空旷的院子。村子还是那个村子，不会因为一家人的消失有什么变化，一切都熟悉得不能再熟悉，就像脚下踩的这片地，茂奎闭着眼都知道哪里是边界。

　　曾几何时，村子是喧腾的，这头牛也是在儿子出生后买的第一个"大件儿"，皮毛滑顺油亮，四蹄粗壮有力，干起活来有使不完的劲儿，正应了那句话：初生牛犊不怕虎。那时的茂奎年轻壮实，也像只小牛犊一样，媳妇儿眼睛里噙着一汪泉水，身体就像燃烧着的火苗，嗞嗞作响，把那一汪泉水燃烧得沸腾起来。夕阳的余晖映着两个亲亲热热的身影，简陋的土房里，升腾起袅袅炊烟。

　　再后来夕阳被搅动得热闹起来，一个小小的身影，欢快地奔跑在两个大人和牛之间，时不时传来阵阵笑声。

日子一天天地过去，那个小小的身影，在夕阳里越长越高，把大地震得腾腾作响。

不知什么时候，那个长高长大的身影不见了，只剩下两个老人和牛蹒跚的身影。

直到有一天，小路忽然变得冷清起来，一个驼着背的老人牵着牛，人和牛一前一后地走在夕阳里。

茂奎收回目光，老牛也收回目光，一口一口反刍着，茂奎也不由得动了动自己的嘴巴。

"年轻人都往出跑，老人一个一个见少，村子真要空喽。"茂奎看着老牛，叹了口气，"就连你，也这么老了，再不干点啥，就废喽。"

老牛没有回话，不满地甩几下尾巴，尾巴尖在草地上扫出闷钝的唰唰声。

"这老太婆，就躺在那睡觉，咱俩天天过来陪她，她倒好，睡得恁香甜哩，连个梦都不给我。"茂奎嗔怪地望着山脚下的一个土包，老牛也望向那里。

"真怕有一天，这个村子的人都走没了，那谁来看她？看他们？还有它们……"茂奎指了一下山脚，又呈水平方向缓缓移动手指。房屋、庄稼、墙垣、树木……在他的指尖一一划过，最后落到老牛瘦骨嶙峋的脊背上。稀疏干枯的牛毛，痒酥酥地扎着茂奎的手心。

老牛舔了舔茂奎的衣襟，上面留下隐隐的涎水印渍。

"我才舍不得咱这地儿，也舍不得她嘞。"茂奎絮絮地说着，"有句话不是这么说吗？秤不离砣，公不离婆，幸好啊……咱们有盼头喽，嘿嘿。"

茂奎把镐头冲着老牛举了举，眼睛眯成两道缝，太阳便落进茂奎的眼睛里。老牛看着他，太阳便也落进它的眼睛里。茂奎用袖子抹了一把眼睛，又抡起镐头。飞扬的尘土和光线搅和在一起，把茂奎笼成一团模糊的影子。

镐头嵌进大地时震动的回声，响彻整个村子。

老牛、风、阳光、低矮的土墙、"哗啦啦"作响的老树，好像知道茂奎在做什么，想说些什么，却什么也没说出来，只是沉默地看着他的背影。

"怎么样？"茂奎走到老牛跟前，满意地拍拍手。老牛没有回应茂奎的话，甩了几下尾巴，一股液体从腹下喷涌而出。茂奎不禁笑了，也解开裤带，朝着这片熟悉的土地浇灌下去。顿时，暖融融的夕阳里，弥漫开一股特别的气味。

"你个老家伙，还想着肥水不流外人田哩。"茂奎提上裤子，摸着老牛的脑袋，"老太婆在这儿，我在这儿，你也在这儿，过几天儿子也要回来，村子就不空喽。"

"哞……"老牛拉着长声回答。

茂奎拍拍身上的尘土，想起儿子小时候，把尿嗞到墙上"画地图"的情景，忍不住咧开没牙的嘴，呵呵地笑起来。昨天晚上儿子来电话说，他要带人回来，搞香菇种植，他在外考察过了，觉得这个项目不错，想做个试点。茂奎这才迫不及待地扛着镐头，给儿子先打下大棚地基。

"儿子回来，挣了钱，满仓、三莽、翠红说不定也会回来，这村子就又热闹起来哩。"茂奎想到这，又呵呵地笑起来。

茂奎蹲下身子，捧起泥土，放在鼻子下，仔细地嗅着。他的脚下，一个硕大的土坑，像是大地的眼睛，直直地看着天空。

茂奎跳了下去，在土坑里来回走着，"眼睛"有了"眼珠"，似乎活了起来。房屋、庄稼、墙垣、树木……所有的一切，便尽收"眼底"，灵动生辉。

流淌的烛光

刘向阳

韦城嗓子好，花鼓戏唱得委婉动听，惹得年轻妹子都喜欢。韦城唱"胡大姐，你是我的妻，胡大姐，你跟着我来走啰"，涟水河东岸的秋菊就下了渡船，款款走来，赏着他的眸子，脸庞绯红……韦城也注意到了秋菊，情感的电波似河中的流水，迅疾淹没了韦城。

虽说隔着一条河，但他们心有灵犀，情投意合，一年后走进了婚姻的殿堂。涟水河畔，农家茅舍，韦城和秋菊一拜天地，二拜高堂，夫妻对拜，步入新房。新房布置简单，却干净整洁，一尘不染。两根纤细的红烛，跳动着欢喜的火焰，擎烛的是秋菊的学生小钰和小古，河东、河西一对金童玉女。

爆竹响起，红烛摇曳，人们簇拥着韦城和秋菊挤进新房。倚墙搁个矩形谷柜，上面平铺三块木板，四周竖起竹竿，支起蚊帐，就是新婚的喜床。韦城挽秋菊坐下，变戏法似的递给她一个圆形"手镯"，秋菊惊喜地捧在手中，脸上溢满了幸福。韦城买不起金银珠宝，捡拾螺壳串成一枚"手镯"，权当结婚的信物。

小古和小钰对视一眼，"扑哧扑哧"笑出声来，笑着，笑着，冷不丁地，小钰打了一个喷嚏，把小古手中的烛光给吹灭了！

喜烛意外吹灭，怕是不好的兆头啊……人们心里直打鼓，婚礼现场陷入静寂。

一会儿，韦城讪讪地说："没事，没事的。"

"我们不信邪。"秋菊清脆的笑声，瞬间抹去不快的情绪，洞房重燃喜悦的火花。

夏天酷热，每到傍晚，村前木板桥上总有小孩扔石子，打水漂。那条旧船锈色斑驳，兀自横在桥墩附近，晃晃悠悠。

自从铺设木板桥后，秋菊回娘家方便多了。有时候，儿子阿晟半夜吵着要去河东，听秋菊娘讲"野人"的故事。秋菊娘脸色阴郁，牙根咬得脆响："你妈妈猪脑壳，好不容易转为公办教师，偏偏受了'野人'的蛊惑，硬要嫁给穷得叮当响的乡巴佬，跟他受活罪。"

阿晟摸了摸后脑瓜，一脸迷惑地问："外婆，'野人'是什么怪物？世上真有'野人'吗？"

秋菊娘捏一下阿晟小脸蛋，嗔道："傻孙子，野人是你爸爸！"

秋菊听着婆孙的对话，泪光闪烁。父母当初极力反对秋菊嫁给韦城，发嫁都不来送亲，仅来了远房亲戚小钰；婚礼进行中，小古手里的烛光灭了，秋菊表面若无其事，内心却翻江倒海，对前途不无担忧……好在韦城知冷知热，爱她疼她，称得上好丈夫。阿晟出生后，戏班也散了，为了她和孩子，韦城到处打工，回来总要捎一包杨梅，悄悄地放在新建楼房卧室的枕头边。

那一次，韦城又回来了。夜里，夫妻陪着阿晟看动画片，直到他甜甜地进入梦乡。韦城撕开杨梅包装，一粒一粒喂着偎在自己怀里的秋菊。

远处传来一阵"噼噼啪啪"的爆竹声。小古明天结婚，杀猪做酒席，新娘子就是河东的小钰。

秋菊抚摸着"手镯"，笑问："小钰有你老婆漂亮不？"

"你比她漂亮，呵呵，就算你是老太婆了，在我心中，你永远是最美的！"听着韦城憨厚地表白，秋菊感到很满足。

"在我们当年的婚礼上，小古小钰可吓坏了，大家觉得不吉利……我们一路走来，相濡以沫，过得很好嘛。"

"我就说不信邪，一切都会好起来的。"秋菊拧了一把韦城的腰。

韦城猛地叫起来，"痛死我了。"他的额头沁出了细密的汗珠。

"怎么啦？"秋菊急了，撩起韦城的衬衫，看到一块巴掌大的黑印。"痛吗？"秋菊轻轻地替他揉着。

"没事的，不痛了。上次到南方修高速公路，浇混凝土时扭了一下腰，没多大的事，不要多想……睡吧。"

韦城本就有腰伤，孰料在一次劳动中摔成半身不遂，屎尿都要秋菊服侍。秋菊年近五旬，头发全都白了。她打报告，申请内退，专心伺候韦城，有空就上街做做散工。

木桥已满足不了经济发展的需求，横跨涟水河的钢结构大桥，彩虹一般连缀着东西两岸。转眼间，阿晟长大成人，结婚办酒席，小古带着十岁的儿子来喝喜酒，神色落寞。

秋菊命运多舛，小古看在眼里，愧在心头，后悔当年举烛太大意，倘若加倍小心，不让火烛灭光，也许韦城叔现在还身体健康，不至于坐轮椅，他们的生活会更美好……虽然这是唯心的想法，但小古感觉有所亏欠似的，每次提及都要唉声叹气。

大桥建成通车后，城市东拓西进，各类楼盘如雨后春笋般拔地而起。小古承包装修工程，请秋菊到工地做饭，也方便照顾韦城。傍晚回家，小钰端上饭菜，小古忍不住旧话重提："秋菊老师结婚那天，我俩举烛，要是小心点……"

"你信那个？告诉你吧，那是我故意……"小钰顿感失言，吐了吐舌头。小古穷追不舍，小钰只好道出实情：秋菊出嫁前，秋菊娘私下里找到小钰，嘱咐她制造麻烦，就是想要秋菊回心转意，可秋菊像没事一样化解了尴尬……

真相大白，小古埋怨小钰，他们从争吵开始，打骂，冷战，最终分道扬镳。小钰主动净身出户，离开小古父子，去了福建。其实一年前，在小古赴外地采购材料的日子里，小钰就与某老板有染了。

"举烛的人散了，我和韦城还好好的……"秋菊悄悄地瞥一眼小古，轻轻地叹口气。

喝完喜酒，客人纷纷告辞走了。

屋里烛光亮堂，秋菊攥着那根光滑锃亮的"手镯"，微笑地看着韦城，门前的涟水河奔腾不息地流淌着……

领　作

徐向林

陆翔的出海渔船快要造好了，船身架在一望无垠的海滩上。远远望去，像一幢吊脚小木楼，煞是威风。

造船时，陆翔脸上挂满笑容，天天到海滩上看进度，还跑前跑后给造船师傅打下手。船体成型后，陆翔脸上的笑容却消失不见了。因为领作的李师傅告诉他，这排斧还得由老于头领作打。

在传统造船工艺中，打排斧是造船最后一道至为关键的工序。打排斧时，二三十位造船师傅分列船舷两侧，应着领作师傅吆喝的节奏，一齐发力敲击卯榫。打排斧很有讲究，必须整齐划一、前后呼应、力道均衡，否则造出的船不结实，还易漏水。对于常年在海上经受风浪的渔民来说，排斧打得不好，可能惨遭船毁人亡的悲剧，谁也不敢掉以轻心。

领作师傅是打排斧的灵魂人物，备受渔民尊崇。按照渔村的老传统，领作师傅有为渔船命名的权力。领作师傅一旦命了名，谁也不能改。如此一来，做领作师傅数十年的老于头在当地是个人人尊敬的人物。他领作造出的渔船有上百艘，全是他命的名。他命名的方式有两种，一种是根据船的形状来命名，如"咸菜瓢儿"，说的是渔船像咸菜根部的菜瓢儿。另一种是根据船主的为人来命名，比如船主性格暴躁，人缘差，他就把船命名为"臭砗螯"，有的船主为人斤斤计较，他就把船命名为"着肉刀"。在老于头所在的渔村，大家根据知道船的名字，就能了解到船主的为人，十有八九不会出错。

陆翔原先跟老于头是邻居，两家因宅基地的事闹过不少矛盾。陆翔搬到新居后，本以为跟老于头老死不相往来了，没想到还是有事求他。当然，陆翔是不想去求的，他在造新渔船时，特意到外面请了李师傅。李师傅先是推辞，说你们渔村有老于头在，不敢来班门弄斧。陆翔只得借口说老于头忙，请不到。李师傅这才带着一班人来帮陆翔造船。可眼看船就要大功告成，李师傅突然"将"了一军，要把打排斧的领作权交给老于头。

陆翔不解，问李师傅："你们不是造过好多船吗，为啥要老于头领作？"

李师傅笑答："一方领作管一方事，这船只有老于头来领作才灵光。"

有点儿讲迷信的陆翔听得这话，不好再问了。他改问村里的老渔民，村里的老渔民告诉他，我们的船都是老于头来领作的，还从没请过外村的领作师傅。

陆翔没辙了，只得硬着头皮去请老于头。老于头倒也没为难他，随口就应承了下来。怎料，老于头这么爽快，反倒引起陆翔的疑惑，老于头会不会借机报复？

隔天上午，老于头精神抖擞，率着李师傅的那班人马，声势浩大地打好了排斧。等到最后一斧落定，老于头在前头领声高呼："鱼翔出港，鱼虾满仓。"

众人跟呼："鱼翔出港，鱼虾满仓。"

陆翔悬在心中的石头这才落了地。这"鱼翔"就是新船的名号，既吉祥，又威风。

老于头随后绕船体走了三圈，细细端详，又把李师傅拖到一边聊了会儿后，挑了根散置在船体边上的长木头，让人放到底舱的指定位置。老于头跟着钻进底舱一番敲打，出来时把斧头交给陆翔，叮嘱他："我在底舱安了根定船木，任何时候都不能移动。要是在海上遇到突发情况，你拿这把斧头对着这定船木两端各敲三斧，保证无恙。"

老于头说完这话，自顾自走了。

三个月后，陆翔再次驾船出海打鱼。不料天气突变，海上风高浪急，渔船在风口浪尖中漂浮不定。陆翔好不容易掌稳了船舵，底舱却开始渗水，眼看着海水就要漫过小腿，情急之中，陆翔想起低悬在底舱的定船木，拿起斧头对着定船木两端分别狠敲了三下，奇迹出现了，下沉的定船木精准地堵住了渗漏处，渔船得以平安回港。

陆翔有惊无险地上了岸，旋即请李师傅来检修渔船。李师傅里里外外认真检查一番后，对陆翔说："不用修，船体绝对稳固。"

当天晚上，陆翔热情地留李师傅吃饭。李师傅的酒喝得有点儿多，他趁着酒劲儿说："我告诉你一个秘密，造你这艘船时，底舱的卯榫没算好，留有缝隙，如果拆掉重做，船身就得解体，耗费点儿船材我们赔得起，但这一拆，我们这班人以后就再也不能接活儿了。"

　　陆翔惊讶地问："所以你们就让我请老于头？"

　　李师傅点头称是。陆翔再问："老于头是怎么知道的呢？"

　　李师傅答："打排斧时，老于头能听音辨声。他知道底舱有问题，就放了根定船木，以备不测。"

　　"那当时为啥不说？"陆翔追问。

　　"都是做工匠的，总得留点儿脸面……"说到这儿，李师傅已不胜酒力，趴在桌上打起了呼噜。

　　陆翔看看李师傅，又看看门外。室外，星光斑斓，星河璀璨。陆翔想了想，明天，明天一定请老于头好好喝两杯。

猎　貂

刘洪文

东北有三宝，人参、貂皮、乌拉草。

老金头号称"捕貂神"，祖居在吉林省长白山脚下。那年月还没有禁猎之说。东北的冬天很冷，三九严寒的季节，大树都被冻裂了树干，老林子里听不到一声鸟叫。狗熊在洞中冬眠，獾子、貉子都躲在洞中吃仓储的果实度日。只有紫貂不怕冷，它们似乎更活跃了。酷寒使得鸟儿的翅膀不灵活，耗子之类的小动物也冻得跑不动了，紫貂更容易捕食了。

老金正是看中了这一点，才来捕貂的。

紫貂的皮号称"裘中之王"，曾有"风吹皮毛毛更暖，雪落皮毛雪自消，雨落皮毛毛不湿"之说。野生紫貂，因数量极少，它们的皮便成了猎人眼中的"软黄金"。

老金在脚上的牛皮乌拉里垫上了厚厚的乌拉草，戴上他的红狐狸皮帽子，披上羊皮大氅，背上捕貂网，吆喝着捕貂犬大黄，朝大山深处的黑松林出发了。

大黄不怕冷，天气越冷，它的鼻子越灵敏。越是冷天，紫貂身上散发的气味就越浓重，更容易被发现。大黄早就按捺不住了，兴奋地前后蹿跳着。

今天真是幸运，很快，大黄就发现了一大一小两只紫貂。两只紫貂在雪地里跳跃着，看上去是一对母子。老金在附近找到了紫貂的老巢。对付这种貂，直接把捕貂网安在洞门口就行。

安排好了，老金往树干上一靠，佝偻的样子像一截榆树桩。

一声尖利的呼哨响起，大黄狂吠着从远处包抄过来。紫貂最怕捕貂犬，一听到狗叫，便拼命往老窝跑，前面的小紫貂一下子撞进网中，"吱吱"地叫着。后面的紫貂如同触电般反弹回去，转身逃向侧面的山坡……

老金看一眼网里的紫貂，笑着说，捉了个小的，跑了个老的，我看你能逃到哪里。

老金用一只手按住紫貂的头，把它从网里捉了出来，再用绳子绑住了它的腿，把它拴在老榆树下。为防止它咬断绳索，老金还用短绳扎住了它的嘴巴，再用工具清开树下的积雪，堆出一条尺把宽的雪道，把捕貂网下在雪道上，如此一来，陷阱就布置好了。

老金又在不远处开了一个背风的雪窝，半蹲在里面。

老金从腰里拽出烟斗。这烟斗有半尺来长，一头黄铜锅，一头玉石嘴，因为跟了老金几十年，前后的身管油光发亮。老金把烟斗插到烟口袋里转了转，装满了一锅蛤蟆烟，又用拇指按了按，点燃，深深地吸了一口。

老金眯起的眼睛里，射出鹰一样的光芒，静静地盯着前方。捕貂犬听话地蜷缩在老金脚下，头靠着尾巴，形如一个大大的句号。

时间一分一秒地过去。老金侧耳听听，小紫貂的叫声还在。烟锅里早就没了火星子，老金把烟斗在鞋底上磕了磕，同烟口袋一起别在腰间。羊皮大氅太暖和了，老金渐渐泛起了困意，竟然打起盹来。

忽然，老金眯着的眼睛一下子睁大了，他听见小紫貂的叫声里有了轻微的变化。老金明白这意味着什么，便迅速从雪道向老榆树靠近。

果然，一只紫貂在捕貂网里挣扎着。

老金笑了，说，跑了和尚跑不了庙，躲得开食儿避不开亲，有这小紫貂在这，我就知道你走不了多远。

可是，回到老榆树下的一瞬间，老金却愣住了。不知从哪又来了一只紫貂，已经咬断绳索，救起之前自己拴住的小紫貂，两只貂一起旋风般向远处的山梁逃去。

再看捕貂网中的紫貂，安静了许多。大黄有些愤怒了，对着网里的紫貂狂吠着，似乎对这样的调虎离山之计很生气。

老金制止了大黄，打开网轻轻地说，小家伙，拿自己的命作诱饵，你这又是何必呢？你跑吧，和家人团聚去吧……

紫貂立刻蹿了出去。跑出去一段距离，回过头来看了看老金，然后消失在老金的视野里。

老金空手而归，但他心里是舒坦的。

暖

魏　炜

　　不知道是真冷了，还是岁数大了的缘故，这个冬天，民警老窦就是觉得冷。里面穿着秋衣秋裤，还套着毛衣毛裤，出门还穿上棉袄。即使这样，他还是觉得冷。

　　"怎么这么冷呢？"他习惯性地哈了哈手。开车的是小杜。小杜说："还行啊。我就是看今天上夜班，觉得可能会冷，这才穿上毛衣的。不然，我就穿一件 T 恤，外面套咱们的棉袄。"

　　老窦掏出手机来看了看，现在是夜里十一点二十三分，气温是零下五摄氏度。往年这个时候也是这个温度，好像就没觉得这么冷。或许就是岁数大了的缘故吧。

　　前面，一个瘦小的身影正在不紧不慢地走着。小杜停了车一看，是个十六七岁的孩子，他静静地看着他们。小杜问："这么晚了还没回家，你这是干啥去呀？"孩子说，屋里的工友呼噜震天，他实在难以忍受，这才出来走走，等到累极了，再回去，躺床上就能睡着了。小杜查了他的身份证，名叫尚晓观，十七岁。老窦问："在工地上干啥呀？"尚晓观说："当小工。"

　　两个人回到车上。小杜就要启动车子的时候，老窦说："等等。"他下了车，对尚晓观说："等等。"尚晓观停住脚步，扭头看着他。老窦脱下棉袄，迅速地解开几粒纽扣，棉袄芯子就下下来了。他把外皮穿回身上，把芯子递给尚晓观："北方冷，你穿这么少，很容易冻病了。年轻时候落下的病，老了可就受罪了。你先穿着。啥时候不穿了，给我送回去。"尚晓观使劲地点了点头，说道："谢谢大叔。"

　　老窦觉得更冷了。他把热风开得很大。小杜热，干脆也把芯子卸掉，只穿着外皮。

一小时后，他们接到报警：一家二十四小时便利店的现金，被人偷走了。他们很快赶到现场。店员还在犯蒙。他都不知道钱是怎么丢的，但就是没有了。小杜很有经验，说道：放监控录像给我们看。监控录像一放，很快就真相大白了。一个瘦瘦的小伙子进了便利店，挑选了两样食品，然后到收款台来付钱。就在店员打开钱箱时，他忽然指着食品袋上的生产日期，问店员是否有新鲜些的。店员过去帮他找。小伙子趁机把钱箱中的现金装进了自己的口袋。店员给他找到了新鲜些的食品，他扫码付款，然后就走了。直到下一个顾客进来，要用现金付款，店员才发现钱箱中的现金不见了。

小杜脱口叫道："尚晓观！"

是尚晓观，瘦瘦弱弱的，还穿着老窦的棉袄芯子！两个人马上让所里的值班员调取附近录像，看尚晓观逃往哪里了。很快，值班员反馈，尚晓观往西跑了。小杜开车就追，追出五六百米，就看到了那个瘦瘦弱弱的身影。尚晓观也很警觉，听到汽车声，扭头看到了车，感觉不对，撒腿就跑。前面是一条小道，走不得车，他就一头扎了进去。

小杜停下车，也追上去。

老窦也跳下车，跟着追上去，但他只看到了两个人越来越远的背影。跑出二百多米，他就累得上气不接下气，只得停住了脚步。年纪不饶人，不承认不行啊。这片地方他太熟悉了。穿过这条小道，前面就是正在拆迁的棚户区，易于躲藏不说，还四通八达，要想逮住尚晓观，难比登天。

远远地，就看到黑影移过来，他赶忙迎上去。就见小杜押着尚晓观回来了。两个人都累得够呛，大口地喘着气，衣服都被汗水浸湿了。他从小杜手里接过铐子，紧紧地攥住，把尚晓观押上了车。

审讯结果让人大跌眼镜。这个小伙子只是借用了尚晓观的身份，但他根本不是尚晓观！办案民警搜查了他的住处，又搜出了十几张身份证。这些身份证都是主人丢失的，被别有用心的人捡到，因为跟他长得有几分像，他就高价买来，每次作案的时候用一张，做几起案子就换个城市，一直逍遥法外。办案民警用了影像对比技术，确定他的真名叫吴凡喜，用类似手法作的案已达百起。更让人惊诧的是，他曾获得过某市运动会的八百米冠军。

小杜惊得险些跳起来："哎呀，我比冠军跑得还快呢！"老窦问他："你知道你为什么能抓住他吗？"小杜迷惑地摇了摇头。老窦说："因为他穿着棉袄，舍不得脱了。"

吴凡喜穿那么少出来，就是为了被发现后能快速逃跑。可他穿上了老窦的棉袄芯子，那么暖和，就没想着再脱下来，跑起来就更热更累。而小杜只穿着外皮，却是越跑越轻松。于是，这个八百米冠军，折在了小杜手里。

吴凡喜似乎很喜欢那件棉袄芯子。被送进看守所的时候，他也是穿着那件棉袄芯子的……

一孬碗

李合金

你们听说过"一孬碗"吧？那是我们矿上的话，"好赖闹上一孬碗，舒服！"

矿上的人不一定都知道矿长的门朝哪儿开，但肯定都知道我四婶的"一孬碗"。叫"孬"，其实不孬，都是真材实料。"一孬碗"的汤是骨头汤，面是用油焖熟的，汤里有豆腐干、韭菜、土豆丝、豆芽，主要是量大、味好、耐饱，适合矿工吃。

我四叔工亡以后，四婶一个人拉扯我姐和我弟。没办法，她就在广场上摆了个摊，叫"一孬碗"。摊子是用井下的旧风筒布搭起来的，一口锅，几张桌。

那会儿，我婶刚开了"一孬碗"，我爸妈天天让我吃，早上一孬碗，晚上还是一孬碗。我说，四婶，你的"一孬碗"我都吃腻了，快别卖了。我爸因为这句话，差点没抽死我。说，你再敢和你四婶胡说八道，看我不打死你！

我们矿上的大部分孩子都是吃一孬碗长大的。谁家不想做饭了，爹妈就让孩子们去闹上一孬碗。矿工们都照顾一孬碗的买卖，一说就是，走，去老四家闹上一孬碗。

一孬碗生意可火了。不论寒暑，早上四点开始，我婶就准备上买卖了。五点，她给一线的矿工们做一孬碗。六点，她给矿区的初中生做一孬碗。七点，给矿领导和小学生做一孬碗，让他们安安全全地上班，舒舒服服地上学。"一孬碗"晚上 12 点都不收摊，我四婶每天就是围着个那口锅，不怕累也不怕冷。手上都冻皲了，一道道裂开的口子。人们说，老四媳妇，这么冷，回吧。四婶说，没事，我不冷，等二班的兄弟们吃了面，

190

我再回。

我记得我四婶哭过两次。

一次是我四叔刚工亡,我弟爬火车摔了腿。我四婶哭着和我妈说,二嫂,我可咋办呀?那天,我妈也跟着哭。完了和我爸说,以后老四老婆咱们得亲亲地对待了。

第二次你得听我慢慢说。那会儿矿上可缺水了,我婶刚开摊子,每天还有一项工作就是拉水,一天拉两趟水。我婶说,把碗都得洗干净,让师傅们吃得干净。四婶在矿上找了两个大塑料桶洗刷干净,在里面装上水,放在推车上,她在前面拉,我弟和我姐在后面推,我也老跟着推车。我们矿的孩子们一看见也都说,四婶,我们帮你推。拉水得去"狼虎沟"。要是在小卖铺跟前的水龙头那儿排队,矿工家属们一看见我四婶就都给让开了。人们说,让老四媳妇先打水,她得给咱们做"一孬碗"呢。就为这话,四婶就会掉下泪蛋蛋。

我婶可是恓惶。我记忆里,飘雪了,广场的路灯底下,我婶的衣服上积了厚厚的一层雪,她冻得直跺脚。锅是唯一的取暖设备,那口锅热气腾腾的,我婶站在那儿就像个南极仙翁。我和她说,婶,回吧,冷了。她说,没事,婶等会再回,俺孩回吧。人们下班就想吃点现下的面。你四叔下井那会儿,我天天等他回家,给他下面。

我弟小时候学习也不争气,我婶就不给他笑。后来我弟当兵了,穿着军装回来,我婶给他笑了。我婶还是天天煮面,摊子搬到了子弟中学门口。矿上再开多少饭店都没我婶的"一孬碗"生意好。我弟结婚那天,矿上人们互相通知:"老四家小子结婚了,都得去,好好喝上一顿!"

我弟那天端着"一孬碗"跪下,递给我四婶。他说,妈,这几年您受苦了,我是靠一孬碗长大的,我永远也忘不了。这碗面是我给您专门做的,您吃了吧。我以后一定会有出息,让您高兴。

我四婶哽咽着看着我弟和弟媳妇说,你们以后好好过,妈吃,妈全吃了。

我四婶的眼泪滴到了汤里,面是香的,泪是咸的,我四婶全吃了。

那天,温馨的灯火融化了黑夜。我爸和工友们一直喝酒。大家都说,来,兄弟们,为老四再喝一个!

篾　编

李晓东

　　俗话说，人比人，气死人。同荣根比，我总觉得自己太失败了。

　　荣根是我的发小，我俩玩得好，经常一起上山拔野竹笋。初中毕业后，荣根和我都回村种田。一年后，荣根拜本乡一位老篾匠为师，很快便成为学徒中的佼佼者。我什么手艺也没学，总觉得种田更踏实。

　　后来，荣根不甘心在乡村四处做活，便带着妻子来到汝城，开了家篾编店。从此，我便很少见到荣根了，心里有种被人抛弃的失落感。

　　也不记得失落多少年了，反正我慢慢习惯了平庸。可有一天，荣根打来电话："木根，请你帮忙到樟源岭上找几根桂竹，我有急用！"

　　几天后，我带着桂竹来到汝城，走进荣根的篾编店，只见他正低头刮磨篾丝，那一根根篾丝又细又薄、光洁柔滑。店内墙上还挂着一幅《龙凤呈祥》的篾编作品，看上去爽心悦目。看见我后，荣根赶忙放下活计，沏茶让座，同我聊起来。

　　荣根叹息道，市场上涌现的大量塑料制品，取代了篾制品，多数篾匠接不到订单，他店里生意也不好。他只能尝试篾编工艺品制作，绞尽脑汁地在凉席上"作画"，创作了《龙凤呈祥》《双喜临门》等作品，没想到竟颇受市民喜爱。看到希望后，他专程奔赴偏远山区，拜老篾匠为师，进一步学习篾编工艺手法及选竹技巧。

　　聊着聊着，荣根取出几幅篾编画给我看。我顿时眼前一亮，只见《百福图》《虎啸山林》等，无不栩栩如生、充满意趣。其中，《三顾茅庐》尤为出彩。他说自己花了一年时间，先是熟悉相关历史人物和事件，再是构思和编织，期间他编了又拆，拆了又编，经多次反反复复，总算完成。

　　看到我一脸惊讶，荣根笑道："木根，篾匠手艺博大精深，基本功包

192

括砍、锯、切、剖、拉、撬、编、织、削、磨等，每一个步骤都要反复实践，比种田难多了。"

我笑着点头，说："那是自然。"

荣根拍着我的肩膀，说："木根，制作篾编工艺品除了要有过硬的手上功夫外，还要有上好的竹子。请帮我留意一下，看看樟源岭还有没有优质桂竹。"

我听后，感觉荣根离我越来越远，跟我早已不是同一个层次的人了。

果然，当我再次带着桂竹来到汝城时，荣根又租了一间店面，开了新店，叫竹艺馆。走进馆内，我看到墙壁上挂满了篾编工艺品，如《兰亭序》《八骏图》等，每一幅都构思精巧、美轮美奂。荣根指着篾编画《八骏图》介绍道，这是他的得意之作。只见画面上，八匹骏马奋蹄扬鬃，飞奔向前，姿态各异。其中一匹最具特色，它后腿蹬地，前蹄腾空，动感十足。

见我看得出神，荣根告诉我编织《八骏图》的材质正是我上次带来的桂竹。他将桂竹"去头切尾取其中"，经过三十多道工序，制成一根根长约两米、粗细均匀的篾丝，然后用水煮，进行防虫、防麻斑、防霉变处理，配以青黑染料，最后篾丝光滑细腻、柔韧性强、色泽均匀。

我听后愕然，心里直冒酸味。看到我一脸落寞，荣根安慰道："人各有所长，其实你除了种田外，还可以在樟源岭上多栽些桂竹，以后全供应给我。"

又是一年夏天，我来到汝城，再次走进荣根的竹艺馆，没想到他被评为省级"非遗"篾编技艺传承人。走进他的工作室，只见各种篾编工艺品应有尽有、美不胜收。其中篾编画《清明上河图》堪称镇馆之宝，是他通过穿、刺等技法，历时三年才编织而成的。里面的人物、动物、街道、树木、河流、桥梁等，场景逼真、气韵生动。该作品采用的篾丝薄如蝉翼、滑如绸帛，材质均为桂竹。他说，在这三年时间里，自己除了编竹席维系生计，每天都编织《清明上河图》十多小时，几乎没有休息日，以至于作品问世后，有人出高价来购买，都被他婉言谢绝。

看到我满脸羡慕，荣根笑道："我最近迷上瓷胎篾编，即用竹篾在瓷器上编织图案。"我听得一头雾水，既为荣根感到高兴，又为自己没有一技之长而难受。

临别时，荣根突然喊住我，说想收我的儿子小竹为徒。

我忙不迭地点头，说："小竹能拜你为师，真是他的福分！"

"哪里哪里，我们都是在乡下长大的兄弟，就别说见外的话了！"说着，荣根便喜笑颜开，像儿时一样纯真。

戏　痴

孟宪歧

热河的戏班有好几个，比较有名的是徐家京剧戏班、刘家评剧戏班、郝家河北梆子戏班。其中，名声显赫者，非郝家河北梆子戏班莫属。

郝家河北梆子戏班的俩台柱子，几乎家喻户晓。一是唱胡子生的水莲，一是唱青衣的长庚。

一般唱胡子生的都是男人，水莲是女人，但音域宽阔，音质浑厚，唱腔激昂；相反，长庚是男人，却音域华丽，音质柔美，唱腔圆润。

水莲是班主的养女。

长庚是班主的养子。

班主便是曾经在东北唱响的郝功夫。

当年班主是唱武胡子生的。

那会儿，有一传统剧目叫《观阵》，是戏班的拿手好戏。而《观阵》里的秦琼，正是武胡子生的角色。剧情里，当王周陪同秦琼观阵的时候，表演上要运用兴足齐眉（朝天镫）、单腿行走（探海）、斜跨回望（回头望月）等繁难的工架身段，以表现秦琼所处的险境和激愤的心情。

要想演好秦琼这个武胡子生的角色，主要靠腿功，腿上没功夫是演不好的。

班主那会儿的绝技就是能从四条摞起来的凳子上腾空翻下，这个动作当时没人能做，也没人敢做。

班主从小拜师学艺。师傅饰演《观阵》里的秦琼，能从两条板凳上腾空翻下，已经很了不起了。但班主不满足，从两条板凳上腾空翻下，班主十五岁那年就做到了。

班主自己悄悄练，先是用三条板凳，他跳了无数次，挨了无数次摔，到底征服了三条板凳。

二十岁那年，班主终于创造了奇迹，四条板凳摞起来，腾空翻下，赢得台下掌声如雷。

俗话说，台上一分钟，台下十年功。班主就是凭着一股子志气，凭着对戏曲的热爱，把胡子生的角色发挥到了极致。

可惜，班主最后还是败在了他对角色的痴迷上。

有一回，三江首富姚老爷五十岁喜得贵子，请戏班唱三天大戏。班主正在戏班里挑大梁，很多戏迷就是冲他来的。班主也不含糊，前两天都唱得很好，只是第二天夜里发烧，上吐下泻，一宿没消停。一夜之间，班主眼窝深陷，好像换了一个人似的，走路都晃荡，真是好汉子架不住三泼稀啊！

大家都劝班主就别跳四条板凳了，就跳两条板凳做个样子得啦。

班主面黄肌瘦，摇头："要么不做，要做，就要做好！得对得起姚老爷，也得对得起台下的观众！"

结果，班主硬撑着从四条板凳上腾空翻转而下，到底是缺了点腿劲儿，落地时腿被摔折了。但班主没吭声，坚持一直把戏演完。

等散戏后，班主就再也站不起来了。

班主虽然请名医把骨头接上了，但自此便跛了一条腿，再也没能重上舞台。

班主就收养了两个穷家孩子，水莲和长庚。

正值兵荒马乱的年月，艺人颠沛流离，生活很是不易。

为了能让戏班生存下来，让这十多人能活得好一些，班主对每个人都很严厉，对每个人的唱、念、做、打都十分苛刻。

班主有一根戒尺，八分粗，两尺长，是一根油光锃亮的小木棍，戏班里的每个人都对它不陌生。

尤其是水莲和长庚，对它更是熟之又熟。

因为，大家都吃过它的苦头。

班主想把他的弟子都培养成和他一样优秀的民间艺人。

水莲唱胡子生，难度很大，班主没少给她吃偏饭。

《观阵》是戏班的招牌剧目，水莲饰演秦琼，那些招式她不能不学。

为了能让水莲能从四条凳子上腾空翻下，班主也吃了不少苦。

天一亮，班主就拿着戒尺，招呼戏班人员出来练功。

男演员住的地方，班主直接闯进去，谁没起来，戒尺就落在谁的屁股上。

女演员住的地方，班主不好直接闯，就站在门口，一声一声喊："起来啦！起来啦！"

一直喊到女演员揉着惺忪的睡眼出来，班主才作罢。

水莲练功，班主就在旁边陪练。

水莲翻上翻下，班主就扶上扶下，直累得水莲腰酸腿疼，班主也跟着腰酸腿疼。

开始时，水莲对班主的严苛很是不满，偷偷跑了。

班主就跛着一条腿四处寻找，一边找一边喊："水莲。水莲，回来吧，师傅舍不得你！"

水莲躲在暗处悄悄抹眼泪。

水莲不想走，师傅对她恩重如山。没师傅，她这个讨饭娃哪能登台唱戏？

水莲回来了，师傅依旧严厉。师傅手把手教水莲一招一式，水莲学到了很多东西。

当水莲成为台柱子时，她才理解班主的良苦用心。

师傅是恨铁不成钢啊！

长庚更是没少挨班主的戒尺。

长庚这人有个毛病，演戏分观众。在城里演戏，他认真不含糊，怕观众挑毛病；到了乡下，他就吊儿郎当，该唱好的拖腔，他就打折扣，该做好的动作，他马马虎虎不当一回事儿。

有一次在乡下演戏，一位老者当场就挑了他的毛病。

戏演到一半时，老者登台了，他问长庚："几天没吃饭了？"

长庚很不耐烦："现在还撑得慌呢。"

老者二话没说，把刚才长庚唱得那段戏文唱了一遍，呵呵，那声音，响遏行云，了不得了。唱罢，又把长庚刚才的动作学了一遍，呵呵，那情态，千娇万媚，也了不得了。

长庚这才知道遇到了高人，再也不敢敷衍了。

班主为此用戒尺狠狠抽打了长庚一回。那年，长庚已经二十三岁了，和水莲定了终身。

后来，班主病逝，戏班子就靠水莲和长庚的绝活撑下来，一直到新中国成立。

1952 年，被热河省人民政府授予"人民艺术家"的水莲和长庚来到班主的墓前，双双跪倒。

班主若地下有知，一定会为他们高兴。

父亲与毛衣

唐波清

父亲是一个多才多艺的人。

我念小学时，父亲在学校当代课老师，他讲的课娃儿们最爱听，讲故事、打比喻，通俗易懂。父亲教语文，也教算术，还教音乐。

放学以后，父亲脱下他最喜欢穿的米灰色的针织毛衣，那是母亲送给父亲的结婚礼物，除了热天，父亲的身上多半穿着这件毛衣。父亲会将毛衣一丝不苟地叠整齐，小心地放进箱子里，然后换上那件破旧的劳动布上衣，扛起锄头，火急火燎地下地干活。

吃完晚饭，父亲先是拉二胡，他最喜欢那首《二泉映月》，家清月冷，压抑悲怆，如泣如诉，让人生出无限感慨之情。父亲拉完二胡再吹竹笛，他吹起竹笛很是热闹，一首蒙古民乐《喜相逢》，高潮迭起，让人如同陶醉在一折折久别重逢、衣锦还乡的台戏里。

父亲是一个命运不齐的人。

父亲从小就没了爹娘，靠吃村子里的百家饭长大。父亲好不容易成了家，一连有了四个娃，大哥、二哥和我都是男娃，还有一个乖巧漂亮的小妹。可惜的是，大哥天生就是一个痴呆傻，不会走路，不会说话，吃喝拉撒也不能自理，父亲喂他吃饭，帮他穿衣、洗澡，日复一日，年复一年。

我初中毕业的那个夏天，母亲上山割猪草时，被一条毒蛇咬伤。父亲背起母亲拼命地奔向卫生院，边跑边对母亲喊，娃她娘，你千万别睡啊。可母亲再也没有答应父亲一句话，母亲就在父亲的背上永远睡着了。父亲的哭声撕心裂肺。

从此，父亲辞了小学的代课老师工作，既当爹又当娘。

母亲走的那年，我考上了县高中，这给了忧伤的父亲一丝丝安慰。父亲似乎是要奖励我，他小声地问，你想要点啥？

我看了几眼父亲身上那件米灰色的旧毛衣，怯怯地回话，听说县城里流行穿毛衣，我想要件新毛衣。

父亲没说话。

第二天，父亲小心翼翼地清洗那件米灰色旧毛衣，然后有些不舍地拆了它，拉开一根线头，一圈又一圈，半个钟头，米灰色毛衣没了，只剩下几个圆滚滚的毛线团。

不晓得父亲从哪里借来几根棒针，是用竹子削成的两头尖的粗针，打磨得光光滑滑。头几天，父亲神出鬼没，再后来，躲在房间里织毛衣。秘密被小妹发现以后，父亲就不再躲躲闪闪，开始光明正大地织毛衣。只见父亲将毛线挽在食指和拇指上，先打一个活结，再将活结套在针上，拉紧，然后反过手来，手心向下，又将线圈套在针上，拉紧，这就起好一针。父亲越来越熟练地重复这个动作。

小妹很好奇，爹，你真厉害，别人家只有女人会织毛衣，咱家男人也会织毛衣。爹，你跟谁学的这个手艺啊？父亲没有回答，脸上有一些红润。

父亲对小妹说，你是个女娃，你也要学会织毛衣，还一边织一边教小妹。这叫"平针"，是最简单的一种织法，先将针从线圈下面戳出，右手把毛线拉紧，从后下方绕到前上方，再用针尖将线圈钩住绕过来，然后将线圈从左边针上脱下去，这就织好一针。

父亲跟小妹唠叨起来就没完，如果要织图案的话，就要用"反针"，或者叫"上针"；当然，要想把毛衣织得好看，还有很多技巧和织法，譬如单罗纹针法、鱼腥草针法、锁链针法和星星针法。

半个月的光景，在父亲对小妹的唠叨中，父亲织出一件崭新的毛衣，前胸还隐约能看出一头牛的图案。父亲对我说，你属牛，你试试这件毛衣，看你喜欢不？我迫不及待地穿上毛衣，刚好合身，就跟长在我身上似的。

临近开学的时候，村子里的风言风语钻进我的耳朵里：父亲织毛衣的棒针是找村东头的李寡妇借来的，织毛衣的手艺是跟李寡妇学来的，父亲与李寡妇有一腿……

难怪那几天父亲神出鬼没，我心里这样猜想。我恨父亲，我恨李寡妇。

开学那天，村里人替我送行。父亲把那件新织的毛衣递给我，当着村里人的面，我接过毛衣，摔在地上，狠狠地踩了两脚。我没有回头，流着泪去了县城。

高中三年，我就没和父亲说过话。

上了大学，我突然收到一封信，是李寡妇请人代写的："娃，俺是李婶。当年你爹是跟俺借过棒针，也是悄悄跟俺学过织毛衣。说实话，俺还真有跟你爹搭伙过日子的想法，可你爹说，你们家娃多，还穷，他不想连累俺。你爹还说，他这一辈子也不想给你们找后娘。娃，俺得了重病，医生说，俺活不了几天。你爹是清白的，俺不能把这话带进棺材里。娃，你要善待你爹。"

放了寒假，我赶回家。在打谷场上，远远地看见佝偻的父亲在晾晒过冬的粮食，穿着那件当年他亲手为我编织的毛衣……

我跪在打谷场上。我跪在父亲跟前。我跪在李婶的坟前。

青　花

逸　云

　　姚伯喜欢村东那条小河。

　　从北方缓缓流来的河水，清凌凌的，他觉得这就是流动的青花。

　　河水流到西关桥，河道一窄，挤出一串小漩涡，发出铮铮的脆响。上游游来几条小鱼，到这里转一圈，雪白肚皮一翻，摇摇尾巴，接着又转一圈，仿佛不愿意过桥去。这天下午，姚伯出公司来到西关桥时，停住脚，停在了老窦常站的那个地方，仰脸从河水流来的方向看起，直到桥前才低头收住目光。

　　他不敢再往桥南看。

　　姚伯倒换了一下腿，按按鼓鼓的口袋。

　　他从小就知道，水来的方向是北。以前出远门掉向，一看到这条小河，他马上就找到了北。人们都说，北边有黄河。他曾纳闷，黄河水是黄的，到这里怎么清凌凌的？后来他明白了，就像青花瓷的前世，也并不是青的，也该是黄的。土是黄的，泥也是黄的。

　　清凌凌的河水浇灌麦子，收获的是金灿灿的黄；大片的玉米成熟了，也是耀眼的黄。他知道那黄是藏在骨子里的，是本源的，是金贵的。他又按了按口袋。

　　刚才下班时，姚伯去了财务室。老板看着他，有些抱歉地说：别人工资都打到卡上了，你才来三个星期，只能给你发现金。姚伯愣了愣，连忙点头说，这样更好，这样更好。老板笑了笑。

　　现在口袋里鼓鼓的，是他到公司后第一次领的工资。

　　一张张红色大钞递给他时，他的手有些抖。

　　才来三个星期，就领工资了？他几次看周围的人，大家都没理会他，仿佛这是应该的，天经地义的。十月怀胎，才能等来一朝分娩，提前生出来的，能正常？

老伴曾告诉他，不正常。

一年一个秋，一个秋应该盘算一年。一千年前是这样，一百年前也是这样。种了这么多年的地，他深深明白，历经春生、夏长，才有秋收、冬藏。这么些年的老规矩，能像祖传的青花瓷那样轻易打碎？他使劲掐了一下自己的胳膊，有点疼。这不是假的。

那时老伴可是暗地里流了三天泪，在高喊口号的人群面前，面对碎了一地的青花，依然笑着说，该打。

他笑不出来。

他的心碎了。

河水发出哗啦啦的脆响，仿佛青花碎了一地。

这些年想明白了。即使碎了，也还是青花，过了桥又会慢慢复原。

就像村里多少年前的老宅院，现在说是极好的，不能随便拆了，要保护。新盖的砖瓦房刷了灰漆，变得古香古色，像时光倒流了回去。于是他想起祖传的青花瓷，心底闪着迷人的光。

然而河水奔流不息，似乎是流水成就了他鼓鼓的口袋。他早就听说，古画上的流水就表示来财，他觉得现在口袋里透着金光，金光盖过了一亩麦子的光芒。

这在以前是无法想象的。

姚伯感到身边有人，转了一下头，传达室的老窦悄悄地站到他旁边，正皱着眉看他。老窦右手呈扁八字，按在下巴上。下巴一动一动的，似乎在嚼着东西。

老窦没说话。

姚伯也没说话。

不用说话，他们也都知道河水过了桥向南流，绕过村口那三棵歪脖子老柳树，奔向东南的马驹湾。

老柳树是多少年前的。

马驹湾连着小清河，南边就是马踏湖。

都是多少年前的。

现在都成了新的。

马驹湾边新开了饭店、舞厅，灯光摇曳，乐声悠扬。晚上有漂亮的姑娘在唱歌、跳舞。

年轻人眼里闪着渴望的光。

姚伯以前像看笑话，现在不敢看了。

还有从公司出来的人，看见姚伯就打招呼，有钱就该花呀。姚伯看看老窦，老窦笑了笑，说，手有抖糠之力，人就有非分之想。

姚伯怔了，脸红了。

他低头再看河水，河水匆匆过桥去。

他不敢朝南看，似乎一转头那青花就永远地碎了。

他突然想到他的小麦、玉米，那么多年，河水慢慢地流到他的地里。干涸的泥土发出"嗞嗞"的声响，冒出潮湿的地气。直到滋润透了，后面的水才涌过来，继续向前走。现在河水匆匆，仿佛不等他了。

他心里咯噔一下。

他转身往家走，越走越快。

老窦笑了笑，嘴里继续嚼着。街上飘着晚饭的香气。

有人呼唤自家的鸡回家。

有人家的太阳能热水器溢出水来，"哗哗"地流。

远远地，姚伯看到老伴倚在门口等他。

他猛然收脚，老伴仿佛是一尊青花。

写牌匾

刘怀远

乔小梁是民国时期的民间书法家，除了种好家里的十亩水田，剩下的时间就是读帖写字。

乔小梁的一手好字是爷爷教出来的，爷爷中过秀才，写一手上好的蝇头小楷。小梁的字写得端正，爷爷就敲他哥哥大梁的头："快临帖吧，弟弟的字比你的好！"大梁头一歪躲过去，就是不写。大梁的字虽然写得不好，却聪明乖巧，读完大学后谋了一份公职。

早上写，中午写，晚上写，从田里回来顾不上洗去两脚的泥，小梁就拿起毛笔。在街上和邻里说几句话的工夫，小梁的手指也会不自觉地画动。乔小梁心情好时，想教儿子练字，小梁老婆却不让，说，你除了写字什么都做不好，害我跟你清汤寡水地过了半生，还想再误下一代吗？

爷爷却以小梁为傲，走在街上逢人就说："小梁临摹王右军已出神入化，他的字早晚会值钱。"

有人不屑地问："能值多少？"

爷爷并不作答，捋下灰白的胡须，说："知道'交通银行'招牌的几个字吧？郑孝胥写的，一字一两黄金！"

众人惊呆，很多人劳作一生也没见过一两黄金哪！

"知道汉口最高的楼吧？猜猜上面'江汉关'三个字花了多少钱？是请湖北省教育厅厅长宗彝写的，给了五百两纹银！"

"三个字就给这么多？"

从此，人们对乔小梁多了一份尊重，也多了一份期盼。什么时候他的字能卖出好价钱呢？哪怕一个字只卖一块钱，也总算得到了回报，也不会再被他老婆每天戳着脑门子唠叨。

终于，机会来了。

汉阳城里新开了一家大钱庄，钱庄贴出通告，说门前牌匾上"晋商钱庄"四个字要面向大众征集，谁都可以给写，只要字好，入选即付五百块银圆的润格，但只悬挂一年，下一年再重新征集。今天来看，老板就是在变相做长期广告。

通告一出，百里之内的文人墨客都积极响应，三天时间，钱庄已收到上万幅作品。乔小梁也精心写了几幅，送到钱庄。

红木牌匾挂出来，入选的是柏泉镇张老举人的字。据说还不是老举人主动写的，而是钱庄老板对所有应征作品都不满意，亲自带着银票到张府求的。擅长颜体的张老举人稍作推辞，还是非常高兴地收下润格，挥毫之后，顺便把家里的十万银圆存进了钱庄。

第二年，规模更加宏大的征字活动开始了。这一年的闲暇时间里，在老婆的监督下，乔小梁只练四个字。乔小梁信心满满地挑出这一年里写得最好的几幅送去了钱庄。不想还是落选了。

小梁老婆安慰道："字是越练越好，说不定明年就能选上你的，就能把银圆拿回家了。"

不想第三年，乔小梁的字依然落选。

乔小梁的言语比平时更少了，但还是坚持每天练字。老婆发现他并不是在练"晋商钱庄"这几个字，就扯高嗓子吵："要么就别练，要练就写钱庄那几个字！"

正吵得火热，哥哥大梁来了，了解了原因，又看了案上的字，说："论水平，你绝对能选上的。"

小梁说："选不上就选不上吧，第一年选张老举人的字我是服气的，第二年选的是警察局王局长写的，就有些离谱。第三年更可笑，选了一个来汉阳城开万国洋货公司的洋人写的，那写的是字吗？怎么就入选了呢？"

大梁笑了："是啊，有些需要题字的地方，并不都是写字好的人去写的。"

小梁老婆说："我还是希望小梁的字选上，能拿回五百块银圆呢，我跟他这么多年，过的都是紧巴日子。"

大梁听了，笑眯眯地点点头。

终于，晋商钱庄的征字活动又开始了，可任凭老婆说干了口舌，乔小梁就是不参加了。老婆说："你若不参加，今后我就不让你写一个字 。"

小梁说："宁可不写一字，也绝不去参加。"

夜晚，有人敲门。开门一看，竟然是钱庄老板。老板满脸堆笑地说："久闻先生大名，特来求赐墨宝。"

乔小梁淡淡一笑："我的字功底不够，之前已参加三次，贵庄都没选用啊。"

老板长叹一口气说："都怪请来的评审有眼无珠，造成遗珠之憾，实在可惜，今年您一定要赐字！"

一张银票放在桌上，随后老板展开桌上的宣纸。

乔小梁被老板的诚意打动，静气凝神后，饱蘸墨汁，一挥而就。

乔小梁的字被刻上了钱庄的新牌匾，老板专门设宴款待小梁。席间，老板说了很多恭维的话，说他的字精妙绝伦，会给钱庄带来好运，让钱庄八方来财，所以他认真考虑了，明年可能破例，会继续请小梁来写牌匾，并且是双倍的润格。小梁借着酒劲有些飘飘然，感觉这些年对书法的痴迷和坚持终于得到了回报，也想起哥哥大梁之前说过的，什么"有些需要题字的地方，并不都是写字好的人去写的"。现在看来，这是多么荒谬的一句话呀，看我小梁，不就是凭借书法功力，终于被钱庄选中和认可了吗？

酒宴散时，老板又悄悄塞给他一张银票。小梁以为老板喝醉了，忙推出去："您不是提前给过润格了吗？"

老板谦恭中透出狡黠："我这小生意还请令兄大人多多照应。"

乔小梁耳朵轰地一响，险些栽倒在地。哥哥乔大梁新任汉口市财政局的科长，分管银行和钱庄。

第二天，小梁老婆兴冲冲地拿来纸笔，让他教儿子练字，不想一向温顺如绵羊的小梁咆哮成一头狮子，把面前的纸撕成鹅毛飞雪："字好有什么用？字好有什么用？"

从此，乔小梁再不写字，不写。哪怕夜深人静、辗转难眠时，他也只是静静地用手指在肚皮上画，一撇一捺……

寄宿的日子

张亚凌

初中的学校在小镇上，离我家十好几里路。

草草地吃了早饭，又没人送我，自己就扛起铺盖跟干粮去了学校。是走着去，到学校就不早了。学校给每个班都分有宿舍，只是学生多地方小，报名晚的就没处住了。我跟好几个同学就很尴尬地站在宿舍门口，脚底下是自己的铺盖跟干粮袋子，单单等着班主任来解决问题。

班主任是体育老师，说话不遮不掩，很是直接："咱这里，屁大点的地方，十里八乡即使不是亲戚，七拐八拐就都成了亲戚。开学这一两天也不上课，回去叫你们家长到镇上或者附近的村子给你们找个亲戚家先住下。随后看学校咋解决。"

我又背着铺盖、干粮袋子往回走。那天的我，来回三十里，大汗淋漓地背着那么多沉甸甸的东西，多少像个小傻瓜。

第二天，母亲特意买了一盒点心，借了辆自行车，捆绑好铺盖、干粮，我们就出发了。

一路上都是母亲的不放心：咱只是晚上在人家屋里睡觉，不要吃人家的东西；少说话，眼里要有活，勤快点；干啥事都要轻手轻脚，不要吵了人家；晚上回去不要写作业，费人家的灯油；有啥事都忍着，不要给人家添麻烦；早晨去学校，记得把一天吃的东西都带上……

我们来到距离学校三四里的一个村子。七拐八绕就进了一条小巷子，站在一户比较破败的土门楼前。母亲又嘱咐道，妈把人家叫"姨"，你得叫"老姨"，嘴巴要甜。

母亲一进门就热情地喊"姨——、姨——"。喊了几声，从北屋里出来了个老人，她看母亲的神情显得很是生分。母亲在殷勤的叙家常里含蓄地说了跟老人的亲戚关系，我也听明白了：眼前母亲叫姨的这位老人，是母亲嫁出去的二姨去世后二姨夫另娶的女人的堂妹，真的是七拐八拐拐出来的亲戚。

母亲把带的点心放在桌子上，而后很不好意思地提出了让我暂时借宿一阵子的请求。"说来说去都是自家人，你看，这么大的炕，就我一个人，娃睡在这我也有个伴。"老人答应得很痛快。

我就很小心地住了下来。我跟老姨住在北屋，西面的两间房子住着她的儿子、儿媳、孙子，我早出晚归，很少见到他们。

我谨记着母亲的叮咛，不能费老姨家的灯油，总是下了晚自习后留在教室里做完老师布置的家庭作业才回去的。那个村子的孩子也都不住校，可人家是一下晚自习就往回赶，而我得留在教室做作业，也就一直没有同行者。特别是冬天的晚上，寂静得让人害怕。我就边走路边咳嗽，用一声声咳嗽来给自己壮胆。

冬天，我摸索着，从老姨房子里的小水瓮里舀半瓢水，将自己的毛巾大概弄湿，在脸上沾沾，就算洗过脸了。老姨似乎也察觉到了，偶尔，她会侧起身子说，娃，从炉子上倒点热水掺上，瓮里的水太冰了。

尽管老姨那样招呼我，我还是不好意思掺热水，只答应说，不冰，没事，老姨。

老姨家没有表，老姨每天都是很困的样子，迷瞪着，似乎也没多余的精力干别的事，不可能为我上学操心的。我就自己估摸着时间起床去学校。

我从来没有在正常的时间起床去学校，真的是披星戴月，自然也没有同行者。没有同行者，在别人看来或许是很遗憾的事，其实不然——

冬天，下过雪后的清晨，我一定是第一个在洁白的雪地上留下脚印的人。因为知道自己总是等学校开门，路上就有充足的时间玩雪了：

脚后跟倾斜着连在一起慢慢挪动，走出来的行迹像极了车轮；一只脚固定，另一只脚旋转一圈，像硕大的圆规；像在自己村里结冰的池塘上一样，我也会一路滑翔，体验飞的感觉；有时用脚在地上划拉出一朵又一朵的花儿，喇叭花、打碗花、鸡冠花，农村孩子所能想到的所有的花；情致来了，还会快速堆个小雪人……那会儿，也没有了早起独行的害怕。

落过雪的早晨，等在校门口的我一定是满脸欢喜。我会一整天都很高兴，好像那场雪是专门为我而落，是我一个人的盛宴。

四月，洋槐花开了。去学校的路上就有几棵槐树。带着露水的槐花，水水的，甜甜的。我会贪婪地一把一把捋下来，送进嘴里，嚼得脸上像开了朵花。自己哈出来的热气里，好像都有了香甜的味儿。有槐花的日子，我会吃得肚子饱饱的，反正有的是时间，看见有学生从村子里出来再走也不迟。

夏天，路过地里，顺便偷摘几个西红柿、青椒，拔几根韭菜，带到学校吃也是常有的事。因为那时带的多是咸菜，吃得久了，实在吃腻了。

秋天就摘软蛋柿子吃。

就那么三四里，就那么几块地，却有菜园，有槐树，有柿子树，以至于上学路上的每个季节都不寂寞。

现在我还清楚地记得，有三次，我回去时，老姨显得有点焦急，问我咋回去得那么晚。第一次，她取出一个麦面的油卷馍馍塞给我，说是她女儿来看她了。第二次，她给了我几块饼干，说走亲戚带回来的。第三次，她吃饭时竟然给我留了个煎饼。

老人是在我准备上初三时去世的。我一升初二就搬进了学校的宿舍，还是周末回家时听母亲说的。心里涌起一股说不出的难受。一个少言的老人，在她生命快走到终点时，我们一起走过了一年。虽然很少交流，可她慷慨地收留了我，心里还装过我，要不怎么会在那个饥肠辘辘的年月还想起给我东西吃？

原本灰暗的寄宿日子，因为那条上学路，因为老姨给过我的三次吃的，也变得有滋有味了。

时光代理人

何君华

尽管对于能不能成功骗过母亲，我们仍然没有把握，但母亲的病越来越重，我们决定还是冒险试一试。

此前我们已经通过 AI 换脸技术和 AI 变声技术让"阿伟"跟母亲视频通话过多次，但视频通话毕竟不是长久之计，我们还是得让阿伟本人真的来到母亲床前才行。

阿伟是我的儿子，也是母亲唯一的孙子。都说中国人的亲情体现在"隔辈亲"，"隔辈亲"在母亲身上真是体现得淋漓尽致。一直以来，阿伟都是母亲最惦念的人，尤其在阿伟成为缉毒警察以后，母亲几乎每天都要跟他进行一次视频通话。

事实上，这的确也是不合情理的。母亲病得这样重，作为她最疼爱的大孙子，这么长时间都不来她的床前看一眼，于情于理都说不过去。我们骗母亲说，阿伟正在执行一次非常重要的缉毒任务，为了这次收网行动，他们队已经计划了一年之久，等过完这阵子，阿伟就该回来了。等他一回来，阿伟就会第一时间来看望她。但是，再艰巨的任务也有结束的时候啊。这么拖下去不是办法，我们决定还是找那家此前已经接洽过多次的仿生人公司试一试。

那家仿生人公司有一个诗意的名字，叫"时光代理人"，他们宣称公司生产制造的仿生人可以完美无瑕地带客户度过一段任意设定的时光。为了检验真实性，我们特地参观了他们公司的研发中心和客户体验中心。

"时光代理人"的展品的确令人惊艳。我们没有想到，仿生人技术仅仅经过几十年的发展，技术成熟度就已经达到了如此惊人的地步。用"惟妙惟肖"已经不足以形容这些仿生人了，无论是从皮肤的色泽饱和度，还是从举止形态来看，他们都已经跟真人毫无二致了，就连发声也已经完全听不出是 AI 模拟的了。

"时光代理人"公司宣称，客户只需提供一张真人照片和一段原声录音，他们就可以在三天之内 3D 打印出一个与真人一模一样的仿生人，音色和发声习惯也可以完美复刻。

不过仿生人毕竟不是人，外表做得再像也仅仅是外表，人是有情感、有思想、有灵魂的高等生物，我们还是隐隐地有些担心，这样一个表面上的"阿伟"能骗过母亲吗？

"时光代理人"的客户经理显然看出了我们的担心，他说我们担心的这些都不是问题，因为已经更新迭代到第六代的仿生人不仅可以"塑形"，还可以"铸魂"。为此他要我们填写一摞极厚的表格，不仅要仔细填写阿伟的年龄、身高、体重等基本信息，还要填写诸如个人履历、兴趣爱好乃至怪癖之类的隐私信息，甚至还要将真人写过的私密日志、发过的网络动态等类似信息都载入芯片，总之越详细越好，越丰富越好，这样仿生人便可以高度还原一个有记忆、甚至是有灵魂的真人。

"还有什么遗漏的吗？"客户经理问我们。

我和妻对视了一眼，摇摇头表示没有了。我们将阿伟自小在豫北乡下跟奶奶一起长大、会讲豫北当地方言这样的细节都考虑进去了，应该没有什么别的需要补充了。

我们签好协议，客户经理告诉我们，三天之后就可以来公司领取完美复刻的仿生人"阿伟"了。

三天之后，我和妻按照约定取回"阿伟"，战战兢兢地带着他来到了母亲的床前。

"阿伟"立即痛哭流涕地扑到已经骨瘦如柴的母亲身上，一边流泪不止，一边说着"孙儿不孝"之类的话，祈求母亲原谅。

这情形令我们感到安心。"阿伟"的临场表现甚至有些超出我们的预期，尽管知道这是来自仿生人内置程序的表演，但祖孙久别重逢的情景还是感染了我和妻，我们也禁不住抹起泪来。

"阿伟"此后的表现更是超乎想象，他日夜守护在母亲的病床前，和她相处融洽，简直跟真的阿伟在时一模一样。

"露馅"发生在三天之后。

我们将阿伟会讲豫北方言这样的细节都考虑进去了，但还是忽略了一个极其重要的细节，那就是阿伟是左撇子，也就是左利手，而仿生人的默认设置是右利手。

　　那天母亲让"阿伟"帮她写遗嘱，"阿伟"便拿出纸笔很自然地用右手写了起来，于是母亲便知道了眼前的人不是阿伟。

　　关于阿伟是左撇子这件事，别人都可以骗过，但母亲是万万骗不过的，因为正是她的坚持，阿伟的左撇子才没有被人为纠正。阿伟跟着母亲在豫北乡下上学时，学校老师曾要求家里纠正阿伟的左撇子习惯，被母亲拒绝了。她专门带阿伟去县人民医院看过，知道了左利手是正常生理现象，强行纠正非但没有好处，反而会影响脑功能发育，刻意纠正有可能会使孩子左右脑功能失调，严重时甚至会导致口吃、阅读障碍等问题。因此，学校其他的左撇子都被强行纠正了，唯独阿伟没有被干涉。

　　事实上，母亲在"阿伟"来的第一天就发现了这一疑点，因为"阿伟"竟然用右手喂她喝粥！母亲以为他在警队学会了用右手拿筷子，而且孙子是坐在床的右侧喂她的，使用右手更为方便，何况右手拿勺子也并非难事，所以她并未过多疑心。但是，一个左撇子用右手握笔写字简直难如登天，何况他用右手的动作如此自然！

　　我们都已经习惯了阿伟的左撇子，因此才不经意将这么重要的细节忽略了，我们感到懊悔不已，但事已至此，便不再隐瞒，不得不向母亲坦白，眼前的"阿伟"的确不是阿伟，阿伟已经在三个月前牺牲了。

　　听完我们的话，母亲并没有像我们想象中的那么悲伤，或许从意识到我们是在用假"阿伟"骗她的那一刻起，她心里便什么都明白了吧。

　　我们用轮椅推着母亲去了阿伟的墓地，原本以为母亲会情绪崩溃，这会对她脆弱的身体造成更大的伤害啊！好在母亲并没有，她只是轻轻地用手抚摸着阿伟的墓碑，轻轻地拂拭，轻轻地，一遍又一遍，一遍又一遍。